Roupa suja

Roupa suja

(Polêmica alegre)

Onde se faz o panegírico
de alguns homens honrados
da política republicana

Moacyr Piza

Boris Fausto (POSFÁCIO)

Copyright do posfácio e das notas © 2022 by Chão Editora

CHÃO EDITORA
EDITORA Marta Garcia
EDITOR-EXECUTIVO Carlos A. Inada

INDICAÇÃO EDITORIAL Boris Fausto
CAPA, PROJETO GRÁFICO E DIAGRAMAÇÃO Mayumi Okuyama
PREPARAÇÃO Márcia Copola
REVISÃO Isabel Cury e Cláudia Cantarin
DIGITAÇÃO E COTEJO DE *ROUPA SUJA* (*POLÊMICA ALEGRE*)
Maria Fernanda A. Rangel/Centro de Estudos da Casa do Pinhal
PESQUISA ICONOGRÁFICA Erica Fujito
PRODUÇÃO GRÁFICA E TRATAMENTO DE IMAGENS Jorge Bastos

DADOS INTERNACIONAIS DE CATALOGAÇÃO NA PUBLICAÇÃO (CIP)
(CÂMARA BRASILEIRA DO LIVRO, SP, BRASIL)

Piza, Moacyr
    Roupa suja (polêmica alegre) : onde se faz o panegírico
de alguns homens honrados da política republicana / Moacyr Piza ;
Boris Fausto (posfácio). — São Paulo : Chão Editora, 2022.

    ISBN 978-65-80341-06-1

    1. Belle Époque 2. Literatura brasileira 3. Política — Brasil
4. Pré-modernismo (Literatura) 5. Sátira brasileira I. (posfácio),
Boris Fausto. II. Título.

22-120858   CDD-B869

Índices para catálogo sistemático
1. Literatura brasileira B869
Aline Graziele Benitez – Bibliotecária – CRB-1/3129

Grafia atualizada segundo as regras do Acordo Ortográfico da Língua
Portuguesa (1990), em vigor no Brasil desde 1.º de janeiro de 2009.

chão editora ltda.
Avenida Vieira de Carvalho, 40 — cj. 2
CEP 01210-010 — São Paulo — SP
Tel +55 11 3032-3726
editora@chaoeditora.com.br | www.chaoeditora.com.br

Sumário

7   ROUPA SUJA

145 Posfácio
184 Personagens da cena política citados em *Roupa suja*
     Boris Fausto

196 Notas
199 Créditos das ilustrações

Capa da primeira edição de *Roupa suja* (1923)

All they are honest men...*
SHAKESPEARE, JULIUS CÆSAR

* "Todos eles são homens honestos..." (N. do E.)

AO LEITOR

Há, por vezes, nestas páginas, umas farfalhices jocosas de ave que, depois de haver roçado o pântano, se limpa, num espanejamento de penas. Explica-se o estilo pela matéria. A política é, no geral, uma farsa; e o comentário de uma farsa não pode ser feito, naturalmente, com palavras sisudas.[1]

Fui, não obstante, o mais sério que pude; o que, com facilidade, em alguns passos se notará, pelo constrangimento do humor, que, devendo ser bom, atentas as faces gaiatas do assunto (eu me ocupo, frequentemente, do sr. Washington Luís), de quando em quando mau se revela, supurando em sátira...

Não engulha, porém, esta supuração pelo odor pestilento, característico da matéria. Tive o bom gosto suficiente para combater, com as devidas cautelas e perfumarias adequadas, os fedores que me incomodavam a mim e não seriam, decerto, lisonjeiros à sensibilidade olfativa dos que me lessem...

Depois disto, se ainda se queixar alguém do possível mau cheiro de alguns dos cadáveres dissecados, a culpa não será minha. Será da Natureza, que fez cadáveres tais, e da Ciência, que não logrou inventar, para semelhantes podridões, desinfectantes bastantemente poderosos.

Lavo, pois, as minhas mãos na bacia de Pilatos; mesmo porque, revolvido o que fui obrigado a revolver, de preceito me parece uma lavagem em regra. Não se sentiria mais emporcalhado Hércules, egresso das cavalariças de Augias!...

M. P.

A ELES...

Não provoquei o incidente que deu em resultado este panfleto. Tinha, com o sr. Júlio Prestes, relações de cortesia; e, ainda ontem, ele me tirava o chapéu, ignorando, talvez, que eu já lera as informações que, como advogado da Câmara de Capivari, prestara s. s.ª ao Tribunal de Justiça, sobre o pleito eleitoral de dezembro último...

Não sei qual será, doravante, a sua atitude. O que sei é que fez mal em agredir tão insolitamente quem nunca procurara, por qualquer modo, empecer-lhe a realização dos planos de subir a todo o transe, confiado na indiferença dos homens de bem pelos negócios públicos.

Nada me lembra que pudesse justificar a agressão de s. s.ª, chamando-me alma de esgoto.

Escrevi, é verdade, uma carta aberta a Amadeu Amaral, em que havia esta referência:

— Acha que essa moral não presta?* Mais uma consequência da deplorável educação paterna, que o leva ao ponto de esquecer-se

* A moral do Partido Republicano de São Paulo.

da lógica, disciplina ferrenhamente cultivada pelo situacionismo, e na qual me prezo de haver me iniciado pela leitura dos admiráveis discursos parlamentares do sr. Júlio Prestes.

Se foi isso que determinou a invectiva, muito pouco espírito deve possuir o sr. Júlio Prestes, porque mostra não ter alcançado a intenção graciosa da referência. Eu queria dizer que s. s.ª, para manter-se airosamente na posição de defensor incondicional e obrigatório de todos os atos do Governo, precisava ser, pelo menos, um moço inteligente e, decerto, o era, sofisticando como sofisticava nas causas indefensáveis; mas s. s.ª, zangando-se, despropositando, acabou por mostrar que o não era, nem o é, porque a preocupação sabuja de agradar o presidente não o deixa ser...

Evidentemente matou o sr. Júlio Prestes a preocupação de agradar o presidente. Foi esse, sem dúvida, o motivo que o atirou contra mim, obrigando-o à leviandade de aludir a fatos, que não conhecia direito e que, para decoro do próprio Governo, deveriam permanecer no esquecimento.

Cabe, assim, ao sr. Júlio Prestes, a responsabilidade de saírem à luz certas coisas menos confessáveis, que adiante se explicam. Roupa suja que se lava, quando melhor calharia abandoná-la entre as sordícias dos monturos. Peça-lhe contas o sr. Washington Luís, que, por estas e outras, aprenderá, enfim, que, para os cargos de confiança, mais prudente é escolher homens capazes de alguma coisa, do que homens capazes de tudo...

Parece que, nesta expressão, sou claro. Se o não sou, para que não me acoimem de querer embrulhar marotamente as ideias, direi que apenas desejo ser entendido pelo sr. Washington Luís, e o sr. Washington Luís me entende. Entende-me, por conhecer o sr. Júlio Prestes tão bem quanto eu, ou muito melhor do que eu. Este conhecimento vem, além do mais, de uma história que, na Secretaria da Justiça e da Segurança Pública, a propósito de bicheiros, lhe contou o sr. Carlos de Sampaio Viana, que, se rompeu com o sr. Júlio Prestes, depois de longos anos de amizade fraterna, por seguro que não foi por minha causa. Aliás, o recente negócio das salsichas plenamente confirma aquilo que, no incidente Sampaio Viana, disse o sr. Washington Luís do sr. Júlio Prestes. Mas, se o que neste panfleto se argui não bastar, o que for de mister virá a seu tempo, com as explanações devidas...

Os esgotos foram feitos para isto: canalizar as imundícias...

M. P.

Uma lição de moral...

Malo me fortunae pœniteat, quam victoriœ pudeat.*
QUINTUS CURCIUS

Amadeu, caro amigo:

Houvesse eu atingido a idade canônica e me pruísse a vocação de conselheiro, não seria, decerto, com referência a você, que me abalançaria a exercitar-me em semelhante ofício. Admiro a sua experiência e atilamento; e, quanto a juízo, sei que, mais do que eu, sempre o teve você, que é um homem assentado, e até acadêmico...

Contudo, tenho ouvido dizer, e com razão, que a infalibilidade do juízo é como a infalibilidade dos papas: uma coisa

---

* "Prefiro estar insatisfeito com meu destino a ter vergonha de minha vitória." (N. do E.)

muito precária, tão precária que Sócrates — homem de juízo por excelência — acabou bebendo cicuta, depois de ter feito aquela tremenda asneira de casar com Xantipa...

Porque tenha você mais juízo do que eu, não profetizo que, Sócrates redivivo, o obriguem ao silêncio eterno com alguma droga dos laboratórios oficiais. Todavia deixe-me observar que você está escandalosamente errado nesse bate-boca de Capivari. Quem está certo é o major Pires de Campos...

O seu erro, meu caro Amadeu, provém da falta de educação republicana, em que você medrou, com irressarcível dano para o seu formoso espírito. Não conheci seu pai. Imagino, porém, que foi um homem à antiga, cheio de preconceitos de honra, e que o mandou ao mestre-escola, quando, de preferência, deveria tê-lo mandado ao sr. Rodolfo Miranda, que era, já naquele tempo, o decurião-mor da democracia. E supunha, talvez, que, para fazê-lo um bom cidadão, bastava instruí-lo, dar-lhe hábitos de trabalho, incutir-lhe o respeito das leis e das autoridades. Criado à imagem e semelhança do excelente velho, saiu você, portanto, um aleijado espiritual; e, desse aleijão, as tolices que anda praticando e que hão de ser, mais tarde, a sua maior vergonha...

O major Pires de Campos está certo, porque está com o Governo. Espanta-se do argumento? Não é meu. É de quem sabe mais do que eu. É de *père* La Fontaine, naquelas inefáveis eras em que havia congressos de animais, e os animais dos congressos não tinham subsídio, mas falavam:

*La raison du plus fort est toujours la meilleure...**

La Fontaine, quando escreveu isto, futurava, sem dúvida, a existência do sr. Washington Luís e da máquina eleitoral do Partido Republicano de São Paulo. Simbolizou-os no lobo, pintando-nos a nós no cordeiro, bicho predestinado a ser comido pelos lobos. Você, conseguintemente, tem de consolar-se com a sorte de ser espostejado e comido pelo major Pires de Campos, que pertence à alcateia palaciana e existe, intangível, em função da moral da época...

Acha que essa moral não presta? Mais uma consequência da deplorável educação paterna, que o leva ao ponto de esquecer-se da lógica, disciplina ferrenhamente cultivada pelo situacionismo, e na qual me prezo de haver me iniciado pela leitura dos admiráveis discursos parlamentares do sr. Júlio Prestes...

A lógica, meu caro Amadeu, ensina-me que a moral do Partido Republicano é a única verdadeiramente compatível com a sã razão — e, mais ainda, a única verdadeiramente capaz de manter, no estado de São Paulo, a hegemonia conquistada entre as restantes unidades da Federação.

* "A razão do mais forte é sempre a melhor..." (N. do E.)

Que é, com efeito, o que se conclui da observação raciocinada dos fastos da humanidade? Que a moral é o produto das necessidades e aspirações comuns de cada agregado humano; o resultado conjunto, enfim, das condições do meio ambiente, num determinado momento. Assim, varia no tempo e no espaço, sem que lhe possa alguém evitar a instabilidade. Teve Adão a sua moral, que não foi, evidentemente, a mesma de Jesus Cristo, nem a de Caracala, nem a do sr. Washington Luís. Ousaram-se no Paraíso, à sombra do arvoredo copado, coisas que enfureceram o Padre Eterno, mas que, em Roma, foram habituais, e sem embargo de serem o escândalo de nossos avós, já hoje a pouca gente fariam mossa. No entanto, o mesmo referido Padre Eterno, que escorraçou de sua presença Adão, chamando-lhe porco e outros nomes (o caso, cá para mim, não se passou exatamente como o narram as Escrituras...), o mesmo referido Padre Eterno tinha, e acreditava como de óptima moral, concessões que, nos dias correntes, já ninguém mais admite de boa sombra...

Crescei e multiplicai-vos, — impôs ele, amainada a cólera com que anatematizara o par abelhudo, que comera da árvore da ciência. E é dos livros que, com a sua cumplicidade, para se não deixar de cumprir a segunda cláusula da imposição — multiplicai-vos, — verificada a infecundidade do multiplicando, fosse proporcionado outro mais idôneo ao multiplicador, — o que se executava sem o menor desaire para qualquer dos elementos da operação em vista… Foi o que sucedeu com os exemplaríssimos esposos Abrão e Sara:

> Ora Sara, mulher de Abrão — lá está no Gênesis — não tinha gerado filhos: mas, tendo uma escrava egiptana, chamada Agar,
> Disse a seu marido: Bem sabes que o Senhor me fez estéril, para que eu não parisse. Toma, pois, minha escrava, a ver se ao menos por ela posso ter filhos. E como Abrão anuiu a seus rogos,
> Tomou Sara a Agar egiptana, sua escrava, havendo dez anos que haviam começado a habitar na terra de Canaã, e a deu por mulher a seu marido.

Qual a senhora, hoje, capaz de tão fidalga gentileza? Nenhuma. É verdade que não há mais escravas; mas, não faz muito, ainda as havia, e, então, ai do sinhô, cuja sinhá lhe percebesse, acaso, quaisquer intimidades com esta ou aquela Agar de mais pronunciado espírito bíblico! E não escapa a ninguém o nímio cuidado que põem as Saras hodiernas em afastar, o quanto possível, dos seus respectivos Abrãos, qualquer servazita menos horrorosa…

Por que esta diferença de procederes? Será que, com o correr dos tempos, se tenham apurado os escrúpulos das mulheres? Não: tanto que a tradição bíblica, não só a de Abrão, mas mesmo a de Salomão, que teve mais de trezentas concubinas teúdas e manteúdas, é ainda hoje seguida por muitos povos orientais, de civilização adiantadíssima. E repugna, de resto, ao critério científico, admitir que o rodar dos séculos, para o apuramento de tais escrúpulos, atuasse apenas no sexo gentil, notório, como é, que hoje, como no começo do mundo, existe sempre, latente, em cada homem, por mais sisudo, um Abrão incorrigível, faminto de egiptanas...

A diferença de procederes não se funda, portanto, numa virtude, adquirida com o progresso da humanidade; nem indica, também, a superioridade da moral de um tempo sobre a moral de outro tempo. Funda-se, apenas, no conceito de que o moral, o honesto é, pura e simplesmente, aquilo que a maioria como tal autoriza e pratica num momento preciso; e indica, sem dúvida, que toda a moral é igualmente boa, sendo, para cada povo, a melhor moral, aquela que ele por sua iniciativa adota, em obediência à própria índole. Significa isto que não há povos imorais, nem épocas de imoralidade; e daí chego a que imoral, no conflito de Capivari, é você, que, com as suas ideias caducas, insolentemente se revolta contra as normas eleitorais do Partido Republicano de São Paulo. A sua imoralidade é, realmente, o que o incita a condenar essas normas, que são o orgulho do atual quatriênio. A sua imoralidade, sim, que, sendo a moralidade de outras eras (ah! os ominosos tempos do Império!), constituiria hoje — acredite — um grotesco entrave ao progresso do Estado...

Porque, meu caro Amadeu, é preciso não esquecer que, fora da moral democrática atual, você é uma mentalidade obsoleta, em flagrantíssimo contraste com a mentalidade oficial, fonte de toda a sabedoria patriótica. Esta sabedoria é dogma mais luminoso que o da Santíssima Trindade; porquanto, se é a História, como dizem, *mestra da vida*, sendo o sr. dr. Washington Luís historiador, como sempre foi, e dos mais conspícuos (cfr. a *Capitania de São Paulo*), mestre, *ipso facto*, devemos considerá-lo de nós todos, acatando os seus atos sem tugido nem mugido. E, pois que assim é, reprovo solenemente a sua audácia, que só lhe não sairá muito cara, talvez, porque você não é funcionário público, como o deputado Mário Graccho.* Se fosse, havia de gramar, irremediavelmente, com a sua demissão, aplaudida pelo *Correio Paulistano* e por mim, que, nesse caso, estaria com o *Correio Paulistano*...

A minha atitude, quanto a isto, é *definida* e *definitiva*, porque, nos meus raciocínios, amo, sobretudo, a coerência;

---

* O dr. Mário Graccho era médico da Hospedaria de Imigrantes. Encerrado o Congresso e querendo assumir o exercício do cargo, de que se afastara em virtude dos trabalhos parlamentares, foi impedido pelo diretor da repartição, a mandado do sr. Washington Luís. Requereu uma ordem de *habeas corpus*, como de direito. O sr. Washington Luís, então, vendo que o Tribunal não poderia endossar-lhe a violência, demitiu-o e informou à Justiça que o dr. Mário Graccho *não era mais funcionário* do estado. A ordem de *habeas corpus* ficou, pois, prejudicada...

e a coerência me mostra que um homem probo, como o sr. Washington Luís, jamais poderia descer à prática de uma patifaria. Queixa-se você de que ele prometera mundos e fundos na sua plataforma? Que havia de melhorar os costumes políticos? Que não havia de tolerar a fraude, nem pactuar com ela? Que havia de respeitar e fazer respeitar todos os direitos? Nada mais injusto; e perdão para tanta injustiça só o encontrará você, pela circunstância atenuante, mas tristíssima, que já apontei, de haver estacionado na moral de há cinquenta anos. Porque você, com as suas lamúrias, quer chamar falso, mentiroso, hipócrita, perjuro, ao presidente do estado — e isso é um crime hediondo, que me faz deplorar o desaparecimento da forca ali do largo do Pelourinho.* Não tresvaria você, quando se refere às promessas da plataforma. Elas lá estão, por maneira claríssima. O em que você tresvaria é quando supõe desonestidade a falta de cumprimento de tais promessas, acusando o presidente de ter mandado apurar os fatos de Capivari, de harmonia com as conveniências dos partidários do major Pires de Campos.

Desonestidade, isso? Que queria você que fizesse o sr. dr. Washington Luís? Que mandasse apurar a verdade? Ah! meu ingênuo Amadeu, bem vejo que você está com o miolo mole. Pois, então, não sabe você que a verdade é, não raro,

---

* O largo, hoje, é da Liberdade. Mas o pelourinho continua...

muito mais imoral que a mentira? Se não sabe, fique sabendo, para nunca mais cair na asneira de acusar sem fundamento. Há verdades indiscretas, que não se dizem e muito menos se apuram; e, como você, pelos modos, tem cabeça dura, exemplificarei, armando-lhe uma hipótese.

    Figure você, com efeito, que, numa festa governamental, pública, aparecesse, acaso, ao lado do presidente, uma criatura elegante, bela, quase divina, a distribuir sorrisos, como uma fonte perene de alegria. A pessoa que a mandou lá foi um deputado, tido e havido como cavalheiro da maior circunspecção. Sobre este pormenor, porém, a ignorância é completa, tão completa como quanto a quem seja a dama. E a dama é uma criatura elegante, bela, quase divina e, mais que tudo, alegre... Passa a festa, sem incidente; mas, passada a festa, vem a conhecer-se a verdade. A verdade é um escândalo para a burguesia, que, desconhecendo a influência de Ninon de Lenclos na corte de Luís XIV, não pode perdoar o ter estado, numa festa oficial, pública, de par com o presidente, uma senhora alegre... Deve dizer-se essa verdade? Deve apurar-se essa verdade? Não; porque essa verdade é imoral, colocando mal o presidente em face do público e o deputado em face do presidente. A mentira, aí, vem a ser virtude; e é por isso que, num *imbroglio* que eu cá sei, o presidente fez que não viu certa senhora elegante, bela, quase divina e, mais que tudo, alegre; e o deputado — amador telefônico impertérrito — descarregou a responsabilidade para cima dos ombros de um terceiro, que tinha as costas largas, e era oposicionista...

Ora o seu negócio de Capivari, meu abespinhado Amadeu, é, *mutatis mutandis*, a mesma coisa. Dizer que os amigos do Governo fraudaram as eleições; apurar que os amigos do Governo roubaram nas eleições — equivaleria a atribuir-lhes uma infâmia, que, endossada pelo Governo, faria o Governo infame. Nessas condições, a honestidade pessoal do presidente, a moralidade oficial, a conveniência do estado, em suma; a sua, a minha, a nossa própria conveniência, portanto, tudo está naturalmente a mostrar que o Governo não podia proceder doutra forma... Logo, tinha toda a razão o *Correio Paulistano* quando, outro dia, censurava a imprensa pela divulgação leviana de notícias referentes às mortes de Palmital e Pitangueiras, responsabilizando-a por certos paralelos deprimentes, a que São Paulo ficava exposto em relação aos outros estados.*

---

* A censura do *Correio Paulistano* era dirigida ao *Estado de S. Paulo*, que havia comentado, com certa vivacidade de linguagem, os fatos apontados. Foram os comentários do grande órgão grosados por uma folha do Rio Grande do Sul, que, comparando a política de S. Paulo com a de seu estado, chegou à conclusão, que indignou o *Correio*, de que *cá e lá más fadas há*... O paralelo deprimente para São Paulo resumia-se no dizer o jornal sulino que Borges de Medeiros e Washington Luís — era tudo vinho da mesma pipa...

Porque, nestes assuntos de eleições e moralidade eleitoral, meu atrabiliário Amadeu, o melhor é, mesmo, ver e calar: ver, para aprender; calar, para não perecer. Protestar, berrar, brigar, como você está fazendo, é asneira; e tão grossa asneira, que você vai findar esta sua odisseia, caindo no ridículo. Estou a apreciar, daqui, as gargalhadas homéricas com que o sr. dr. Washington Luís, rodeado de sua corte, recebe cada um dos seus indignados artigos!...

E é bem feito, porque você, além de tudo — além de ser um atrasado e um tolo — não possui, infelizmente, a menor parcela de senso da oportunidade. Quer atacar, desancar o sr. dr. Washington Luís agora! agora que ele se encontra em pleno fastígio! agora que ele aperta, viril, com as suas mãos peludas, para derramar sobre as cabeças dos seus amigos, a cornucópia dos favores!... Tenho pena de você. Pois não percebe a inutilidade do próprio esforço? A ocasião de atacar, desancar o sr. Washington Luís não chegou ainda. Chegará no dia em que ele puser o pé fora dos Campos Elíseos. Não viu o que sucedeu com o Altino? Não vê o que está sucedendo com o Epitácio? Foram dois cidadãos beneméritos, tão beneméritos cada um deles quanto o sr. Washington Luís e o sr. Artur Bernardes, neste feliz instante do estado e da República. Foram mesmo, na vigência dos respectivos governos, os maiores homens do Brasil. E hoje? Hoje, um é ladrão, outro mais que ladrão. Por quê? Porque aqueles que os criminam não são como você é, nem como era eu: têm todos, apuradíssimo, o senso da oportunidade. Elogiaram, celebraram até o último dia de governo; depois... Depois você sabe: o sr. Altino Arantes, diante de certas insinuações da camarilha do seu sucessor, foi obrigado a escrever ao *Correio* que não tinha defraudado os cofres públicos, nem sozinho, nem de parceria com o sr. Cardoso de Almeida; e o sr. Epitácio Pessoa aí está com um renome, que eu não desejava para os meus lacaios, se eu tivesse lacaios... Chamam-lhe rapinoso, negocista, aqueles mesmos que lhe *autorizaram*, na Câmara e no Senado da República, as negociatas e as rapinagens!...

Dirá você que isto é uma cobardia. Ora bolas! respondo-lhe eu, com a mesma vantagem com que o tenho achatado até aqui, afirmando-lhe que aquilo que lhe parece cobardia não é mais que a revelação de uma coragem inaudita.

Que entende você, na realidade, por cobardia? O receio de um sacrifício, o medo de perder a vida, o pavor de degradar-se aos olhos do público, não é? Pois bem: se cobardia é isso, logicamente, heróis devem ser considerados aqueles que nada temem, adulando ou detraindo; porque todos eles (em face, é claro, da sua moral obsoleta...) se degradam, se desonram, com uma convicção de honra e um ar de superioridade, um sangue-frio, enfim, que edificam e deslumbram!

Mas o horror da responsabilidade é uma miséria! Se você me sair com esta, atiro-lhe, outra vez, com a Bíblia à cara, dando de besta a Faguet e outros filósofos de fancaria, que lhe refinaram a má-educação, bebida nos ensinamentos paternos. Porque o horror da responsabilidade, perante o Livro Santo, repositório de todas as grandes verdades que se podem dizer e praticar sem comprometer a alguém, é — não uma fraqueza, mas uma virtude. E virtude tão assinalada que foi gostosamente premiada do Senhor, — o que se prova com o supracitado Abrão e a supracitada Sara, sua mulher, e ainda com Isaque, filho do amantíssimo casal, e sua mulher Rebeca. Lembra-se você do episódio de ambos esses ilustríssimos varões no país de Gerar? Foi assim: tanto o pai, como o filho, indo habitar para as partes do Meio-Dia, segundo determinação do Senhor, desconfiaram dos apetites secretos do rei Abimeleque, que, pelos modos, era um farrista de marca. E, pois, como suas respectivas esposas fossem lindas, ocultaram a sua qualidade de maridos, dizendo-se irmãos delas, no temor de que, desejando possuí-las, os mandasse matar o rei libidinoso. Foi uma ação, ao parecer, feia, baixa, cobarde. Puniu, porém, o Senhor, a Abrão e a Isaque? Não. Entendeu, ao invés, que haviam feito o que deviam e galardoou-os regiamente, acrescentando-os na sua honra e fazenda, à custa do pobre Abimeleque, a quem ameaçou sanhudamente de morte!

    Ora aí tem você, meu cabeçudo Amadeu, como perfeitamente se justificam os Abrãos e Isaques, que vivem nas boas graças de Nosso Senhor Washington. O horror que mostram à responsabilidade, escondendo o que pensam agora para só proclamá-lo depois, quando sua excelência deixar de ser presidente, é tão natural e honesto que chega a ser maravilhosamente bíblico. Endossam-no as próprias Sagradas Escrituras, como para insinuar que, com o sr. Washington Luís, voltamos a uma época paradisíaca...

Não importa que não seja uma virtude bíblica a ingratidão, de que já tão amargamente se queixava d. Pedro II, notando que aqueles que o cuspiam para o exílio eram aqueles mesmos que não se cansavam de beijar-lhe as mãos. A ingratidão, se não é uma virtude bíblica, está dentro da lei das compensações, acatada pelos cientistas como uma lei da mais elevada moral... Os encômios de hoje são o prenúncio das pedradas de amanhã. Está direito. E, porque isso está direito, você deve fazer como os outros: elogiar hoje e atirar pedradas amanhã, visto como, então, terá, fatalmente, a seu lado, os que agora o vilipendiam e são os bem-queridos do Governo.

Faça o que lhe digo, se não quiser sucumbir sozinho e ingloriamente. A *oligandria*, o *extermínio* dos melhores, o esgotamento dos eugênicos, de que nos falam Lapouge e Seek, é um fato, meu irritado amigo. Inclua-se na moral do momento, que é o que eu acabo de fazer, com a maior solenidade, no *ato de contrição* daquelas *Três campanhas*, que perpetrei para minha constante vergonha. Demais, o sr. Washington Luís, pessoalmente, não é esse papão que você pinta. Amedronta

apenas de longe. É como um tigre empalhado. No dia em que descobrirem que tem garras de celuloide e dentes de massa, valerá menos que um gato...
    *Ex-cordae**

23/1/23
MOACYR PIZA

---

* "De coração". (N. do E.)

O CORPO DE DELITO

O corpo de delito...

"..
.... Damos, pois, como respondido o recurso interposto, lamentando que os recorrentes não tivessem juntado a mais um artigo que um tal Moacyr Piza escreveu em abono desse recurso e contra o Governo de S. Paulo. O sr. Amadeu Amaral elegeu o público para seu juiz e do público que o leu, somente o tal Moacyr Piza vem lavrar a sua sentença. Essa sentença não teria, entretanto, aplicação ao caso de Capivari, se os seus autores não visassem apenas a desmoralização de S. Paulo e dos seus poderes públicos! Moacyr Piza, julgando a campanha de Amadeu, diz, em resumo............
....*ter

---

* Neste ponto, arrependido naturalmente de certas coisas que havia escrito no original à máquina, riscou o sr. Júlio Prestes várias palavras, tornando-as ilegíveis...

assistido a uma festa oficial, pelo que saiu de lá, destratando o dono da festa e os convidados. Só uma alma de esgoto seria capaz de tanto e quem é capaz desse ato é capaz de tudo e, portanto, de vir falar até das eleições e do partido governista de Capivari, que nenhum favor lhe fez..........................

....

....(a) Antônio Augusto de Souza

Daniel Cardoso*

---

* Pseudônimo do sr. Júlio Prestes.

A LAVAGEM...

*O mundo não vai mal. A gente ri-se
Depois que estuda bem o que isto é.
Quem toma o mundo a sério faz sandice
Que o torna sem sabor e parvo até.
Não sei qual grande sábio foi que disse
Ser suprema sandice a boa-fé.
Na boa-fé do tolo medra o esperto
E o logro do velhaco é sempre certo.*

CAMILO

I.

*Mais nous ne dirons jamais assez d'injures au desreglement de nostre esprit**

MONTAIGNE, ESSAIS

Se vierem contar-te que alguém diz coisas desagradáveis de ti, não procures desmenti-lo, nem fazer a tua própria apologia; mas responde, tranquilamente:

— Este homem não sabe que eu tenho muitos outros defeitos: muito mais haveria que falar de mim, se melhor me conhecesse.

Acabava eu de ler este conselho de Epicteto, quando me vieram referir que o sr. Júlio Prestes, agachado atrás da

---

* "Mas nunca criticaremos o suficiente o desregramento de nosso espírito". (N. do E.)

Câmara de Capivari, decidira aniquilar-me com aquele pedaço de prosa imortal.

Li-o, e sorri. Li-o, porque a prosa era do sr. Júlio Prestes, e eu não dispenso a leitura dos escritos do sr. Júlio Prestes; sorri, pela coincidência de encontrar, tão depressa, a prova da razão de Epicteto...

Realmente, o sr. Júlio Prestes não me conhecia. Chamou-me, simplesmente, *alma de esgoto*, quando me poderia ter chamado *colega ilustre*, ou coisa muito pior. Eu, que o conheço, nunca seria capaz de qualificá-lo, para o não fazer insuficientemente. Digo, apenas, que é o *leader* do Governo do sr. Washington Luís, e tenho dito tudo...

Esta é, de fato, a qualidade que melhor o distingue, e extrema, das *almas de esgoto*. Faz-lhe supor uma candura tal de sentimentos e princípios, que a gente chega a suspeitar, albergada naquele corpanzil de latagão magano, uma alminha de donzela!

O sr. Júlio Prestes donzela!

Foi, decerto, por isso, que o sr. Washington Luís simpatizou com ele. A virilidade peluda dos antropopitecos tem, às vezes, umas predileções mórbidas pela inocência imaculada.

Atração dos contrastes...

II.

> — *Que doivent apprendre les jeunes gens?*
> — *Ce qui leur servira quand ils seront hommes faits.**
> DE ARISTIPO, APUD A. DEBAY

Propendo a que o sr. Júlio Prestes, chamando-me *alma de esgoto*, andou muito bem; e melhor ainda andou a Câmara de Capivari, endossando-lhe o apelido. Alma de esgoto devo ter eu, naturalmente, para s. s.ª, porque aberro da sua educação e da sua mentalidade. O sr. Júlio Prestes, bem como o major Pires e a mais louça de Capivari, formou o seu espírito na escola do Partido Republicano de São Paulo; e eu nunca fui a essa escola...

---

* "— O que devem aprender os jovens?
— Aquilo que lhes servirá quando forem homens-feitos." (N. do E.)

Se tivesse ido, também, pouco me adiantaria. Já ouviu o sr. Júlio Prestes falar nuns meninos endemoninhados, que nem com música de palmatória entram na linha? Que são o tormento do mestre rotineiro? Que levam a indisciplina ao ponto de pôr-lhe preguinhos na cadeira e dar-lhe piparotes na barriga? Pois eu, se entrasse porventura para a escola do Partido Republicano, havia de ser assim, porque não posso enquadrar-me nos seus processos, nem tomar a sério os respectivos mestres e decuriões. Ficaria de castigo, todas as tardes, nalgum sítio onde houvesse esgoto, para refrigério de minh'alma.

E, por cima, nota má. Nota má em comportamento; nota má em aplicação; nota má em ginástica, sobretudo, porque a ginástica é o principal no programa aprovado pelo Governo, para uso dos alunos que destina à salvação da pátria. E quando o boletim, firmado pela Comissão Diretora, me chegasse a casa, — vara de marmelo na certa, pela inveja, que havia de ter meu pai, do adiantamento do sr. Júlio Prestes — primeiro menino da classe, nota óptima e nome no quadro de honra!...

Sim, não é preciso atentar muito no sr. Júlio Prestes, para notar logo a sua vantagem sobre mim na escola do Partido Republicano. A sua assiduidade à aula de ginástica é fato que se pressente na disparidade dos nossos físicos; eu, pálido, raquítico, as juntas perras na perspectiva de um reumatismo precoce; ele, de faces rosadas, a rebentar de seiva, os membros desenvoltos, a espinha maleável, elástica como o junco. Homem feito, em suma, para triunfar...

Parece que o estou vendo na cerimônia do encerramento do curso, no Palacete Tietê, a prestar o exame de habilitação para os torneios da política republicana. Acha-se presente toda a caterva examinadora. Preside o ato o sr. Washington Luís, de auriverde casaca, botas e esporas, rebenque na destra, como um diretor de circo. O sr. Rodolfo Miranda, com o topete empolvilhado, olha de esguelha para o sr. Lacerda Franco, com ciúmes da afabilidade com que o trata o presidente, menosprezando-o a ele, propagandista do regime, discípulo de Comte e de Laffitte, e guarda avançada da virgindade constitucional. Amortalhado no seu ronde [sic] milenário, as mãos em cruz sobre o peito, lembra o sr. Albuquerque Lins, à parte o dito ronde, a múmia de Tutankamon, arrebatada ao túmulo por Lord Carnarvon. E o sr. Cardoso de Almeida, a um canto, afastado, cabisbaixo, os joanetes doloridos, espera, pacientemente, que a prova termine, para agradecer ao sr. Washington Luís, que o evita orgulhoso, pirracento, a cadeira com que o mimoseou, salvando-o à fome, na decrepitude...

Mas o presidente, num gesto vivo, estala o chicote. É o sinal para começar a prova. O sr. Tibiriçá, como chefe da comissão examinadora, formalizando-se todo, dirige-se ao menino prodígio:

— Foi o melhor aluno do curso. Boa letra. Boa memória. Sabe de cor a *Capitania de São Paulo*, que é o melhor livro do mundo. Portanto, antes dos exercícios de ginástica, apenas duas perguntazinhas:

— Quem é o cidadão mais ilustre, mais honrado, mais bonito de S. Paulo?

— O sr. presidente do estado, que aí está em corpo e alma. É o cidadão mais ilustre, mais honrado, mais bonito, no atual momento, não só de S. Paulo, mas até do Brasil e, talvez, de todo o orbe terráqueo.

— E dos presidentes do estado, qual o mais brilhante, o mais benemérito, o mais catita que conhece ou conheceu?

— O sr. Washington Luís, porque é o que *atualmente* nos felicita com o seu Governo; e, depois do sr. Washington Luís, o que vier e, no *futuro*, for o *atual*, para nossa felicidade perene.

Palmas dos circunstantes. O sr. Cardoso de Almeida sente crescerem-lhe os joanetes, e calosidades circunjacentes...

Novo estalar do rebenque. O sr. Júlio Prestes, ladeado pelos srs. Fernando Costa e Roberto Moreira — outros dois alunos distintos, — a um aceno do sr. Tibiriçá, aparece, de *maillot*, para a prova suprema, a de acrobacia.

Opera prodígios!

Primeiro, é a ginástica do ventre, ou do estômago,* que

---

* A ginástica de aparelhos é posta de parte, visto como, ali dentro, apenas um aparelho se conhece — o digestivo; e, feita a ginástica do ventre, e estômago, está *ipso facto*, satisfeita a exigência oficial.

se constringe e dilata por modo fantástico, prenunciando uma resistência e uma capacidade absortiva nunca vistas, nem imaginadas; depois, a dos membros, que se encolhem e espicham, torcem, retorcem e destorcem, em movimentos milagrosos; a seguir, a do torso, e corpo todo, em curvaturas e coleios colubrinos, como os dos artistas, que fazem a maravilha das crianças, nos cavalinhos. Aquele sujeito não tem ossos! A coluna vertebral é-lhe como um vime. Enrola-se e distende-se qual *um sáurio*. É o homem-camaleão!...

Examinadores e assistência, edificados, grunhem de puro gozo. Mas há, ainda, para remate, um número surpreendente, que os põe, por momentos, numa dúvida angustiosa. Poderá vencê-lo, com a mesma galhardia, o mancebo? É o que o sr. Tibiriçá, após acender uma lâmpada de álcool, pede ao capitão Rodolfo a sua famosa espada,* para que o examinando, ao mesmo tempo que lhe dão a comer fogo, a engula! Com esta prova, dum simbolismo transcendente, a que, por enquanto, se esquivam os dois outros discípulos, ainda meio bisonhos em certas práticas, estará cumprido o programa.

---

* *Honni soit qui mal y pense...* [Envergonhe-se quem nisto vê malícia] Esta espada é espada mesmo e poderá figurar, com lustre, de par com a durindana de Roldão, ou com o elmo de Mambrinus, na panóplia de D. Quixote.

— Toma, Julinho, vamos ver se procede com a mesma habilidade...

O Julinho escancara, então, uma boca que parece querer tragar não só a lâmpada e a espada, mas tudo que se lhe depara; e a espada, por entre as chamas azuladas, suavemente lhe desliza, até aos copos, esôfago abaixo, como se se insinuasse pela própria bainha!

Pasmam os espectadores. E mais pasmados ainda se quedam, num estarrecimento de idiotas, quando o *enfant prodige*,* para mostrar que espada e fogo não lhe fazem mossa, porque tem estômago para tudo, se apodera da dentadura,** que o sr. Lacerda Franco descuidadamente deixara sobre a mesa, e, num instante, a some pelo abismo insondável da goela, como quem comesse um quindim!

* "Menino prodígio". (N. do E.)

** Estava isto composto, quando me notou alguém que o episódio não podia ser verdadeiro, visto que o sr. Lacerda Franco, apesar de septuagenário, possuía ainda perfeitos os seus 48 dentes da primeira dentição. Acatei a observação; e, pois, procurando uma explicação para o caso da dentadura engolida, vim, de fato, a saber que não era do sr. Lacerda Franco, mas do sr. Mário Tavares. No momento da prova, estava ela com o sr. Lacerda Franco, que a esquecera sobre a mesa, porque, depois da briga na Estação da Luz, guarda-a sempre consigo o ilustre chefe, para evitar que o sr. Mário Tavares, vingativo como é, morda o sr. Rodolfo Miranda, perturbando novamente a paz da família republicana.

— Achei o meu *leader*! exclama o presidente, refeito do estupor, que o pusera para ali como um estafermo, ante aquela revelação inaudita. Achei o meu *leader*! E com tal entusiasmo o anuncia, que, correndo a abraçá-lo, num ímpeto de ternura, dá, sem querer, com o rebenque na cara do sr. Roberto Moreira, que genuflecte, agradecido, e assenta valentemente o pé sobre o melhor dos quinze calos do sr. Cardoso de Almeida, que desaba no chão, com um fragor surdo de enxúndias, desmaiando ao mesmo tempo de dor e emoção, pela glória de ter sido pisado pela pata presidencial...

III.

Heu! patior telis vulnera facta meis!*
OVÍDIO

Está claro que, se os próprios srs. Fernando Costa e Roberto Moreira ficaram a perder de vista do sr. Júlio Prestes, não seria eu quem ousasse competir com ele, na escola do Partido Republicano. Pau que nasce torto, tarde ou nunca se endireita. Eu, que torto nasci, torto morderei o pé em que tombar, derrancado pela infelicidade de possuir um espinhaço duro e inflexível e de ter tido pai pouco amante do catecismo em que funda o sr. Júlio Prestes toda a sua ortodoxia política. Quando saí dos cueiros, fui para o trabalho; não fui para a Câmara dos Deputados; e no trabalho tenho vivido e suado, sem que, para granjear

* "Ai de mim! que sou vítima de minhas próprias armas!" (N. do E.)

a posição que ocupo, houvesse mister me empurrassem mãos solícitas, ou me valesse acaso de um nome, que, se ainda se não deslustrou de todo, foi pelo muito que de si mesmo valia, sustentado por alguém que, tendo-o mantido sempre limpo, talvez por ele hoje trema, na sua ilibada senectude...

Quer isto dizer que tenho sido um tolo. Mas a culpa não é minha, senão de meu pai, que teve a péssima, indesculpável ideia de estacionar na moral de uma época que passou há muito, que há muito já havia passado, quando eu abri os olhos para a existência, e que, nos dias vigentes, pouco menos parecerá que ridícula...

A moral de meu pai, ao invés de mandar-me para a escola do Partido Republicano, mandou-me para a escola do *seu* Vieira, em Sorocaba, onde aprendi as primeiras letras. Este *seu* Vieira era um homem como meu pai. Não acreditava muito em Deus, por lhe não poder, com boa lógica, atribuir os desconcertos do mundo; mas acreditava ingenuamente na Virtude e, fazendo religião da Virtude, perdeu-me sem remédio, ensinando-me coisas que só me têm servido de transtornar a vida.

— Sê sempre altivo, recomendava-me. A subserviência não é senão uma modalidade da infâmia.

E, quando eu, na minha incompreensão dos fenômenos sociais, candidamente lhe notava que os *meninos aduladores* eram, no geral, os mais estimados, os que se lambiam com melhor sobremesa, os que obtinham melhores notas nos colégios, os que abiscoitavam mais prêmios no fim do ano, retrucava-me, com azedume:

— Imita esses meninos e, depois, compreenderás que mais vale viver em paz com a consciência do que cumulado de honrarias. A humilhação interessada é de almas rasteiras, que só podem inspirar desprezo.

Primum vivere, deinde philosophari!* Tempos depois, quando logrei alcançar o sentido epicurista desta grande máxima, vi que o meu santo mestre, com os mais que rezavam pela mesma cartilha, estava destinado à justa execração dos futuros homens de bem da República, fazendo hipóstase na gaiata figura que Eça debuxara na severidade do Conselheiro Acácio. Tive dó do *seu* Vieira; e procurei reagir contra a nefasta influência que exercera na formação do meu caráter. Mas já era tarde. A tara da educação lá estava indelével. Cada esforço que eu ensaiava para romper com os preconceitos hauridos na infância, era um esforço vão. As râncidas sentenças do velho, placitadas por meu pai, reavivando-se-me na memória, empeciam-me qualquer movimento para a libertação do meu espírito. E mais que todas me torturava esta prescrição horrível:

— Dize sempre a verdade, nua e crua, que a hipocrisia, encolhida na dissimulação, é como a víbora que morde traiçoeira. Perde-te antes pela franqueza do que pela hipocrisia.

---

* "Primeiro viver, depois filosofar!" (N. do E.)

Era simplório o *seu* Vieira. Supunha que, por ser hipócrita ou mentiroso, podia perder-se alguém. Simplório e ignorante; porque, professor que sempre fora, conhecendo a fundo as letras tanto sagradas, como profanas, deveria saber que, nestas paragens sublunares, muito mais medram os falsos do que os sinceros. De resto, não só para o bem próprio, mas até para o alheio, maior virtude que a Verdade é, às vezes, a Mentira, como nos mostra o exemplo daquele santo eremita, de que nos fala Bernardes. O qual, interrogado por uns soldados que iam na pista de certo fugitivo, destinado à forca, sobre *se o tinha visto passar* — tendo-o visto, mas não querendo denunciá-lo, por lho não sofrer a própria bondade, apontou, sorrateiro, para dentro da manga do hábito, e respondeu, os olhos no céu, como a invocar o testemunho do Altíssimo:

— Por aqui não passou...

Se eu não tivesse mais que fazer, e me pusesse a esmiuçar as origens da moral do Partido Republicano, creio que precisava ir até filiá-la àquela que inspirou o piedoso expediente ao piedoso eremita. Havia, sem dúvida, de invadir e palmilhar a seara de Loyola, com a sua filosofia das restrições mentais, — a melhor que já se inventou, decerto, tanto que fez a grandeza dos seus tenacíssimos prosélitos...

Porque noto que, só pelo jesuitismo, pelas suas veredas tortuosas, se consegue subir na política de São Paulo. A regra é pensar uma coisa e expectorar outra; ou, tendo dito uma coisa há pouco, afirmar, logo depois, com a mesma convicção, e o mesmo entono, o contrário, para agradar à divindade do momento. Dizer, cá fora, que o sr. Washington Luís é uma azêmola,* para lhe exaltar, minutos após, em palácio, jogralizando, os talentos onímodos de historiador e estadista. Ser, em última análise, como o sr. Freitas Vale, que tem, sempre, na ponta da língua, um encômio, e, nas prateleiras da adega, uma botelhazinha de Taphos, para o presidente eleito; ou como o sr. Roberto Moreira, paródia d'homem, que se fez paradigma dos porvindouros Júlios Prestes, que hão de brilhar nas falanges republicanas...

---

* A propósito, calha uma anedota, relatada amiúde pelo sr. Roberto Moreira. — "Dizem que o Washington é burro, contava s. s.ª, há pouco, numa roda de amigos. Sim: ele pode ser burro, mas o certo é que tem muito espírito. Outro dia, por exemplo, estávamos no Guarujá, quando apareceu um operador cinematográfico, pedindo-lhe para *posar* ao lado da Zezé Leone. O Washington recusou-se. O operador insistiu. Nova recusa; nova insistência. Até que ele teve esta saída admirável. Chegou-se ao ouvido do operador e, cofiando pensativamente a barbicha, disse-lhe, a meia-voz, explicando a recusa: — 'Não fale nada a ninguém. Tenho medo do contraste...'. Ora veem vocês que é como eu lhes digo. Ele pode ser burro; mas tem muito espírito." E quase que arrebentou às casquinadas!...

IV.

Ipocrisia? Davvero
Non ci si può pensare!*
STECCHETTI

Onc ne furent á touts toutes graces données.** Se há nesse fóssil conceito alguma parcela de verdade (e há, e muita, tanto que, sendo de Étienne de La Boétie, dir-se-ia de Sancho Pança...), devo supor que, não tendo merecido a graça de poder reformar os meus costumes, o que me resta, e cumpre, é, apenas, deplorar a minha sorte de *alma de esgoto* e definhar, a pouco e pouco, pela raiva e pelo despeito de ter de assistir, do fundo da minha triste insignificância, à ascensão luminosa do sr. Júlio Prestes...

* "Hipocrisia? Realmente/ não se pode pensar nisso!" (N. do E.)
** "Afinal nem todas as graças foram dadas a todos." (N. do E.)

Hei de arder e consumir-me nessa raiva e despeito, porque o que o berço dá só o túmulo tira. *Darius* — conta Montaigne

> — *demandoit á quelques Grecs pour combien ils vuldroient prendre la coustume de Indes, de manger leurs péres trespassez (car c'estoit leur forme, estimants ne leur pouvoir donner plus favorable sepulture que dans eulx mesmes); ils luy respondirent que pour chose du monde ils ne le feroient: mais s'estant aussi essayé de persuader aux Indiens de laisser leur façon, et prendre celle de Gréce, qui estoi de brusler les corps de leurs péres, il leur feit encores plus d'horreur. Chascun en faict ainsi, d'autant que l'usage nous desrobe le vray visage des choses.* ***

A mim, apesar de quanto tenho visto com estes olhos que a terra há de comer, não me foi dado, ainda, pelo uso, descobrir

---

* Montaigne, *Essais*.

** "— perguntou a alguns gregos quais deles gostariam de adotar o costume da Índia, de comer os pais falecidos (pois era o que faziam, acreditando não ter como oferecer-lhes sepultura mais favorável que o interior de si mesmos); eles lhe responderam que não fariam isso por nada no mundo: mas tendo também tentado convencer os indianos a abandonar aquele hábito para adotar o da Grécia, que era o de queimar os corpos dos pais, causou-lhes um horror ainda maior. Cada um age a seu modo, visto que o hábito nos oculta a verdadeira face das coisas." (N. do E.)

le vray visage des choses; ou, por outra, se vinguei, acaso, descobrir *le vray visage des choses,* no caso da moral do Partido Republicano só lhe pude compreender as vantagens que encerra, sem, contudo, ter tido o ânimo de praticá-la. Será parvoíce. Será tudo o que quiserem. Mas o certo é que sempre tive por ela a mesma instintiva repugnância, que aos indianos causavam os costumes gregos, e vice-versa...

Consuetudinis magna vis est — doutrinava Cícero. *Quis est enim, quem non moveat clarissimis monumentis testata consignataque antiquitas?** — conceituava, ainda, martelando a mesma ideia, num arroubo sentimental. Ora eu, anquilosado nos ensinamentos que bebi com o leite materno, diante da moral do Partido Republicano, o mais que posso, pois, é postar-me numa atitude admirativa. Admiro-a, deslumbrado, nos atos do Governo do sr. Washington Luís, que há de ficar, na história de São Paulo, como um exemplo inconfundível. A minha admiração, porém, por maior que seja, não me pode delir da mente aquelas famosas palavras de Tarde:

— [...] *il n'est point de paix et de fraternité sans confiance, ni de confiance sans franchise, et il n'est rien de tel que les mensonges*

---

* "Grande é a força do hábito. Quem não se comove ante uma antiguidade reconhecida e conservada através de tantos gloriosos monumentos?" (N. do E.)

des gouvernants pour ruiner le crédit materiel et moral, pour semer la méfiance et la discorde entre les gouvernés. Le mensonge appelle le monsonge et une politique de chacoteries ou de menteries, comme une politique protecioniste, entraine á hausser sans cesses des barriéres factices, de plus en plus intolérantes et intolérables, qui croulent un beau jour, il est vrai, dans le mépris public, mais laissent aprés elles des ferments de haine.* **

Não insinuo, com Tarde (autoridade, para o sr. Júlio Prestes, evidentemente muito menos digna de acatamento que o sr. Washington Luís...), que os processos do Partido Republicano estejam, porventura, a pique de semear a desconfiança e a discórdia entre os súditos deste bem-aventurado feudo. Não insinuo tal, nem profetizo que andem para *crouler les factices barriéres* levantadas às aspirações alheias ao Partido. Muito

---

* Tarde, *Transformations du pouvoir*.

** "— [...] não existem paz e fraternidade sem confiança, nem confiança sem sinceridade, e não há nada como as mentiras dos governantes para destruir o crédito material e moral, para semear a desconfiança e a discórdia entre os governados. Mentira chama mentira e uma política de zombaria ou de falsidade, como uma política protecionista, acaba por estimular a constante formação de barreiras artificiais, mais e mais intolerantes e intoleráveis, que desmoronam um belo dia, é verdade, em meio ao desprezo público, mas deixam atrás de si os germes do ódio." (N. do E.)

menos pretendo anunciar, argumentando com o *mépris public* (de que s. ex.ª, soberanamente, *s'enfiche...*), que comecem a formar-se, nas camadas raciocinantes, quaisquer *ferments de haine*. Não. O que me perturba, ponderando Tarde (sem calembur...), é notar como os sacerdotes da moral palaciana não percebem que, vivendo na Mentira e da Mentira, dissimulando, intrujando, mentindo uns aos outros, com a maior sem-cerimônia, a si mesmos se mentem e intrujam, caindo no logro que preparam para o próximo.

Por outros termos: não alcanço como, conhecendo-se reciprocamente e sabendo do que são capazes, podem eles acreditar-se nas suas relações políticas ou particulares, edificando-se quer íntima, quer publicamente, no espetáculo de uma duplicidade inconcebível. Cada um deles é um cidadão de uma honra e de uma lealdade inteiriças. Não ignora *que l'antinomie si souvent établie entre la Morale et la Politique est artificielle, et que, en realité, pour les peuples comme pour les individus, la moralité, á la condition de s'assouplir aux changements des choses humaines, est la grade voie de la prospérité et de la paix.*** Vai, entretanto, o sr. Rodolfo

---

* Tarde, *Transformations du pouvoir*.

** "Que a antinomia tão comumente estabelecida entre a Moral e a Política é artificial, e que, na realidade, para os povos assim como para os indivíduos, a moralidade, à condição de se flexibilizar diante das mudanças das coisas humanas, é a grande via da prosperidade e da paz". (N. do E.)

Miranda aos Campos Elíseos felicitar o sr. Washington Luís pelo seu natalício, e o sr. Washington Luís, que, a propósito de uma gorada revolta na Força Pública,* acusava o sr. Rodolfo Miranda de ter querido assassiná-lo, acredita no sr. Rodolfo Miranda e no fervor com que ele deseja que a vida se lhe prolongue por muitos anos, e bons! Encontra-se o sr. Roberto Moreira com o sr. Lacerda Franco ou com o sr. Altino Arantes, na rua, e abraça-os; e o sr. Lacerda Franco, de quem o sr. Roberto Moreira disse as últimas, e o sr. Altino Arantes, que o sr. Roberto Moreira fustigou rijamente n'*O Queixoso*, como um dos seus principais redatores,** acreditam na honradez do amplexo do sr. Roberto Moreira, louvando-lhe ainda, por cima, as peregrinas aptidões de orador das funçanatas do Governo! Insere o

* Não pode afirmar-se, com segurança, que o sr. Rodolfo Miranda pretendesse, de fato, a defunção do sr. Washington Luís. O certo, porém, é que, ambicionando a presidência do estado e contando com o apoio de Pinheiro Machado (vale dizer, do Governo federal), arquitetou, com o sr. Rafael Sampaio, a dita revolta, que, afinal, deu em água de barrela. Os srs. Rodolfo Miranda e Rafael Sampaio, nesse tempo, diziam cobras e lagartos do sr. Washington Luís, do sr. Albuquerque Lins e restantes maiorais da situação, anunciando, pelo *S. Paulo* (na véspera da pilhérica revolta), que haviam de plantar, no topo do palácio, *ainda que rota e enlameada de sangue*, a bandeira do Partido Republicano Conservador. Enlameada de sangue!... Na política de S. Paulo, já então, o sangue se confundia com a lama...

** Vide nota *D* [p. 118].

Correio Paulistano um artigo sobre os méritos de estadista do excelso filho de Macaé, alçapremando-o à altura dos Pitts, dos Gladstones, dos Cavours, dos Bonapartes; e o excelso filho de Macaé, que, afinal, já vira aquele mesmo artigo por baixo do retrato do sr. Albuquerque Lins, do sr. Altino Arantes e outros, alguns dos quais por s. ex.ª considerados bestas autênticas, acredita no artigo, na originalidade do artigo, na verdade do artigo, e no contentamento ruidoso de Macaé, quando lá chegar o artigo!... Na viagem que, meses antes da renovação da Câmara, o sr. Washington Luís empreendeu a Itapira, a fim de inaugurar uma das suas rodovias, consagrou-lhe o sr. Roberto Moreira, que, com grande desgosto do sr. Freitas Vale, ferido na glória dos *Rebentos*, se tornou o poeta oficial da corte, esta décima suculenta:

> *Ó sublimado estadista,*
> *Historiador de mão-cheia,*
> *Voz mimosa de sereia,*
> *Encanto de nossa vista:*
> *Feliz da terra paulista,*
> *Que dominais com mão forte!*
> *Felizes nós, cuja sorte*
> *É beijar as vossas plantas,*
> *Provando venturas tantas*
> *Por servir-vos até à morte!*

Acreditou o sr. Washington Luís na sinceridade, na originalidade, na verdade da décima; e, invocando coletivamente as nove musas da Mitologia, e duas ou três outras suplementares, fora da Mitologia, inflamado de inspiração lírica, regougou, no mesmo metro:

Beijar-me as plantas, amigo!
Não mo faça, por quem é.
Tome tento com o perigo
Do fedor do meu chulé!...

A trova foi celebrada como primor de espírito voltairiano. De retorno, o sr. Roberto Moreira, incluído na chapa do Partido Republicano, esquecia que a política de São Paulo estava podre; mandava às urtigas o voto secreto e mais campanhas da Liga Nacionalista, onde só aparece para defender os seus virginais amigos do Governo; e, com orgulho, formava, como ainda forma, nas lustrosas fileiras comandadas pelo sr. Júlio Prestes, — cavalheiro contra quem nunca proferi uma palavra, mas de quem o dito sr. Roberto Moreira tinha nojo!

E eu... continuei alma de esgoto, para canalizar estas belezas...

V.

Não faças processo contra qualquer homem sem motivo, quando ele te não fez mal nenhum.

SALOMÃO, PROVÉRBIOS

Mas, afinal de contas, por que foi que o sr. Júlio Prestes assestou contra mim as suas baterias de papelão? Por que é que, dos coturnos da sua moral incoercível, sumariamente me capitula de *alma de esgoto*? Por esta forte razão: porque tive o topete de duvidar da lisura das eleições de Capivari, escrevendo, a propósito, uma carta a Amadeu Amaral, que o sr. Júlio Prestes agredia pela secção livre d'*O Estado de S. Paulo*, encaramujado no pseudônimo de — Major Pires de Campos.

Isto de duvidar alguém da lisura das eleições de Capivari é o cúmulo! Com irrefragável justiça me anatematiza, pois, o sr. Júlio Prestes:

— "Só uma alma de esgoto é capaz de tanto e quem é capaz desse ato (há de saber-se, depois, qual é *esse ato...*) é capaz de tudo e, portanto, de vir falar até das eleições e do partido governista de Capivari, que nenhum favor lhe fez."*

Percebo. À sombra do prestígio do sr. Júlio Prestes, congregaram-se ali, naquela Canaã, no tugúrio do major Pires (*alter ego* do sr. Júlio Prestes), os corifeus da pureza do regime. Armaram uma como sinagoga, e, com jejuns e cilícios, estão se santificando na obra patriótica de desgafar eleitoralmente a República. A oração matinal, que se faz em honra ao Ente Supremo, repetida por cada (o cacófato não é alusão aos fiéis da nova seita), repetida por cada um, com muitas punhadas no peito, é assim:

— Não tolerarei a fraude, nem com ela farei transações. Bendito seja Washington, Nosso Senhor, flor de Macaé, delícias de nossos olhos, alívio de nossos corações, providência de nossas necessidades, pão de nossas bocas. Bendito, *per omnia secula seculorum. Amen!***

De maneira que, duvidando alguém da lisura das eleições em Capivari, sobretudo das últimas, em que o sr. Júlio Prestes queria mostrar *para quanto prestava*, já se sabe: é de *alma de*

---

* Mentira. Forneceu-me o pretexto para o panegírico, que vou fazendo, do sr. Washington Luís...

** "Para todo o sempre. Amém!" (N. do E.)

esgoto para baixo. Eu duvidei da lisura das eleições de Capivari, achando que Amadeu Amaral tinha razão no protesto que lavrou pela imprensa. Logo, não podia escapar à excomunhão juliana: tomei de *alma de esgoto*...

Bem feito! Apenas, lendo o insulto (se é que insulto deva considerar-se tal expressão na boca do irredutível puritano...), poderia eu observar que, com semelhante invectiva, fez o sr. Júlio Prestes, que daria a vida para superar o sr. Rafael Sampaio na arte dos *bons mots*, um feio, um enorme feio, pela afirmação de uma deplorável indigência de espírito. *Alma de esgoto* não quer dizer nada: é um lugar-comum soez do vocabulário dos retaliadores bordelengos. Não chega mesmo a exprimir, com suficiência, a milésima parte daquilo que o sr. Júlio Prestes sente em si, e quer atribuir aos outros, por um fenômeno psíquico, já competentemente catalogado pelos frenologistas...

E o feio do sr. Júlio Prestes foi tanto maior, quanto, visando-me a mim, acabou por atingir em cheio a Câmara Criminal do Tribunal de Justiça, que não só duvidou da lisura das eleições em Capivari, mas, por cima, determinou a sua anulação, por unanimidade de votos. É d'*O Estado de S. Paulo* de 24 de abril esta infâmia:

> — O Tribunal decidiu ontem a questão eleitoral de Capivari, que tão larga repercussão teve na imprensa desta capital. POR UNANIMIDADE DE VOTOS FORAM JULGADAS PROVADAS TODAS AS

ARGUIÇÕES QUE SE FIZERAM AO PLEITO, SENDO ESTE ANULADO.
Capivari terá, portanto, de assistir a um novo pleito eleitoral, para a renovação da Câmara e do juizado de paz.

Que arguições se fizeram ao pleito, perante o Tribunal de Justiça? Aquelas mesmas que incitaram Amadeu Amaral a sair a campo. Aquelas mesmas que me levaram às *dúvidas* sabidas e que tanto escandalizaram a sensitiva, que é o sr. Júlio Prestes. Se por isso fui chamado *alma de esgoto*, almas de esgoto, *ipso facto*, são ou devem ser os srs. ministros do Tribunal de Justiça de São Paulo...

Amadeu Amaral havia escrito que as eleições de Capivari foram feitas sob pressão da força armada, com evidente postergação dos direitos do eleitorado livre. Expliquei-lhe eu que isso era assim mesmo, porque o Governo queria que assim fosse, e quando o Governo queria que fosse assim, assim mesmo havia de ser, berrasse quem berrasse. O Tribunal confirmou o alegado por Amadeu. *Ergo*, tem alma de esgoto... Alma de esgoto, sim, e muito mais do que eu, porque eu disse que, quando o Governo queria que fosse assim, assim mesmo havia de ser, berrasse quem berrasse; e o Tribunal votou o inverso, proclamando, alto e bom som, pelo órgão dos srs. ministros, que eu estava redondamente enganado: quando o Governo queria que fosse assim e o Tribunal queria que fosse assado, havia de ser assado...

E foi assado, tanto que os amigos do sr. Júlio Prestes podem considerar-se... fritos, apesar das insinuações do *Correio Paulistano*, jurando a correção absoluta do pleito, contra cujo resultado — dizia — apenas se revoltava o sr. Amadeu Amaral, pelo despeito de ver batido nas urnas os seus correligionários. Preparou o quitute, esfolando o porco (quem quiser que tome a carapuça...), o sr. Costa Manso, *alma de esgoto* feita ministro procurador, que foi o primeiro a chegar a mostarda ao nariz do sr. Júlio Prestes. Enfiou-o no espeto e pô-lo ao braseiro o ministro relator, outra *alma de esgoto*, encarnada no sr. Gastão de Mesquita, que lhe aduziu uns temperos picantes, para excitar o apetite aos que haviam de saboreá-lo. O mais fê-lo a Câmara toda, com o molho da anulação unânime, para o sr. Júlio Prestes não ser bobo, nem se meter, outra vez, a sebo...

VI.

Bem me lembra o sítio ameno;
Quanto vi tenho presente;
Mas a ti é que eu condeno,
Que na ação mais inocente
Vás sempre deitar veneno.

TOLENTINO, *A FUNÇÃO*

Qual o *ato* que, por mim praticado, me revelou capaz de tudo e, portanto, até da audácia suprema de *falar das eleições e do partido governista de Capivari*? O sr. Júlio Prestes dá a entender que sabe coisas; mas cala-se avaramente:

— Moacyr Piza (nota o malvado), Moacyr Piza, julgando a campanha de Amadeu, diz, em resumo,* ter assistido a uma

---

* Aqui riscou o sr. Júlio Prestes duas ou três palavras, que seriam, talvez, a chave do enigma...

festa oficial, pelo que saiu de lá, destratando o dono da festa e os convidados. Só uma alma de esgoto seria capaz de tanto, etc., etc.

Isto deve ser para aguçar a curiosidade dos srs. ministros, aos quais, decerto, não conta o terrível segredo, por lhes haver, já então, pressentido a natureza pouco asseada das almas. Porque não me lembra ter escrito coisa, que assim se pudesse resumir. O que eu escrevi, censurando Amadeu Amaral, por estar querendo reformar o mundo, e defendendo o Governo, foi, se me não engana a *Folha da Noite*, de 17 de janeiro:

> — ... Há verdades indiscretas que não se dizem e muito menos se apuram; e, como você, pelos modos, tem cabeça dura, exemplificarei, armando-lhe uma hipótese. Figure você, com efeito, que, numa festa governamental, pública, aparecesse, acaso, ao lado do presidente, uma criatura elegante, bela, quase divina, a distribuir sorrisos, como uma fonte perene de alegria. A pessoa que a mandou lá foi um deputado, tido e havido como cavalheiro da maior circunspecção. Sobre este fato, porém, a ignorância é completa, tão completa como quem seja a dama. E a dama é uma criatura elegante, bela, quase divina e, mais que tudo, alegre... Passa a festa, sem incidente; mas, passada a festa, vem a conhecer-se a verdade. A verdade é um escândalo para a burguesia, que, ignorando a influência de Ninon de Lenclos na corte de Luís XIV, não pode perdoar o ter estado, numa festa

oficial, pública, de par com o presidente, uma senhora alegre... Deve dizer-se essa verdade? Deve apurar-se essa verdade? Não, porque essa verdade é imoral, colocando mal o presidente em face do público e o deputado em face do presidente. A mentira, aí, vem a ser virtude; e é por isso que, num *imbroglio* que eu cá sei, o presidente fez que não viu certa senhora elegante, bela, quase divina e, mais que tudo, alegre; e o deputado — amador telefônico impertérrito — descarregou a responsabilidade para cima dos ombros de um terceiro, que tinha as costas largas, e era oposicionista...

Não tem a menor relação com o *resumo* do sr. Júlio Prestes o fato a que, nesse tópico, se alude. O resumo de um episódio galante não pode ser... uma batata, por mais galante que seja a batata... E aquele episódio é um enigma, cuja chave só eu e o sr. Roberto Moreira possuímos, pela intimidade em que sempre vivemos com *o oposicionista, que tinha as costas largas*... Ver-se-á isto, quando for a oportunidade.

O fato, que o sr. Júlio Prestes quis vislumbrar nas palavras cabalísticas da epístola a Amadeu Amaral, é outro. Tinha-o eu ocultado por não me julgar com o direito de expor São Paulo e o presidente de São Paulo à risota do mundo. Mas, já que o sr. Júlio Prestes entende o contrário, vá lá a história. Sua alma, sua palma. Buliu comigo; e o homem, como muito bem diz um colega francês do sr. Júlio Prestes,

C'est un animal fort méchant.
Quand on l'attaque, il se defend...*

Eis-me, portanto, juntamente com o sr. Júlio Prestes (sim, que o sr. Júlio Prestes estava lá, deliciando as moças com a sua prosódia itapetiningana...), em plena casa do *dono da festa*, o sr. dr. Washington Luís Pereira de Souza, maior, púbere, historiador, natural de Macaé, eleito pela Providência para a egrégia função de *rodoviar* a terra paulista. O sr. Cardoso de Almeida não está, por lhe não terem chegado a tempo os socos novos, que encomendara, e não se acharem em condições os socos paternos; mas está o sr. Rodolfo Miranda, porque é 15 de novembro, e 15 de novembro é festa da República...

Dá o palácio a impressão de uma grande colmeia barulhenta, onde as abelhas doiradas — oh! que encantadoras que eram, na sua radiosa beleza! — volteiam, como tontas da luz, que dos grandes candelabros se lhes derrama por sobre as cabeças magníficas. Andam-lhe, de entorno, os *zangões* da moda, numa dobadoura, a roncar madrigais de suspeitos aedos e romances mascavados de Ohnet. O Menotti del Picchia, trêfego inflamado, o *pince-nez* chispante, olha o parque, ardente de lamparinas de azeite, e fala nas *Mil e uma noites* a umas meninas

---

* "É um animal muito malvado/ Quando atacado, ele se defende..." (N. do E.)

pálidas. O sr. Rocha Azevedo, mais erudito, por saber latim, pensa em Trimalcião...

Eu não penso em nada. No deslumbramento que me aturde, sinto-me tão vazio, como se encerrasse na cabeça as cabeças de trinta deputados! Mas gozo. O prazer ambiente penetra-me! E por tal modo, que, de repente, sem saber como, faço o que toda a gente faz, e me encontro, ruidoso, no *buffet*, uma copa de *champagne* na mão, a beber pela prosperidade da República, ombro a ombro com o sr. Freitas Vale.

— Oh! por aqui? *Comment allez vous?**

— Maravilhado. O Washington é um grande homem. Confesso que tem dedo para festas!

— Aprendeu na Kyrial. Romano antigo...

Mas as vozes perdem-se, abafadas pelas ondas sonoras que a orquestra, no salão próximo, expande, na execução batucada d'"O passo do jocotó". Terpsícore domina, eletriza os bailarinos. Dança o sr. Luís Fonseca. Dança o sr. Casimiro da Rocha. Dança o sr. Rodolfo Miranda, esforçando-se penosamente para adaptar à cadência repinicada do maxixe o passo obsoleto da mazurca. Dança a Comissão Diretora. Dança o presidente, com delícia. E, vendo o presidente dançar delicioso, engorgita, às pressas, o sr. Rocha Azevedo, o seu 25.º *croquette*, limpa os dedos nas abas da casaca do sr. Alarico Silveira e,

---

* "Como vai?" [N. do E.]

depois de palitar os dentes com a unha do fura-bolos, sai também aos pulos, o lenço na cintura da dama, que, contra todas as praxes da elegância, desde a corte de Carlos Magno até a de Washington I, em Piratininga, segura com a mão esquerda...

Só eu não danço, porque espreito a ocasião de poder cumprimentar s. ex.ª o sr. presidente do estado, pelo risonho aniversário da República e pelo fulgor da festa com que está comemorando a grande data. Mas s. ex.ª não chega para as encomendas. Disputam-no as senhoras, os *grands-seigneurs*,* os políticos. E eu, diante dos políticos, com a sua lábia; dos *grands-seigneurs*, com a sua importância, e das senhoras, com os seus sorrisos, que poderei eu, humilde cronista? Passam-se assim as horas, sem que, para o meu tormento de esperar, outro consolo me seja dado senão o de candidatar-me a um prato de canja e a uma fatia de peru com farofa...**

---

* "Grandes senhores". (N. do E.)

** Ah! o Governo negou-me uma cadeira no Congresso do estado; mas deu-me canja e peru com farofa! Posso afirmar, com conhecimento de causa que, no pleito ali travado para a satisfação das minhas aspirações de *gourmand*, houve a mais ampla liberdade de pensamento e de ação. O presidente foi de uma imparcialidade única. Não tolerou a fraude, nem com ela fez transações; tanto que, não obstante os empenhos da Comissão Diretora junto do *maître d'hôtel*, eu, vencido nas pugnas eleitorais do oitavo distrito, fui servido antes do sr. Narciso Gomes, e empanturrei-me. A regeneração eleitoral é um fato...

Queres conhecer o espírito de um homem? Apalpa-lhe o estômago. Encorajo-me, empavonando-me com um Brummel, em cujo peito estuasse a alma de um Samuel Johnson. Descubro-me, de fato, mais agudo que o sr. Lulu Miranda, mais eloquente que o sr. Júlio Prestes, mais espirituoso que o sr. Rafael Sampaio... E, sobretudo, feliz; tão feliz que, estando a cavaquear com umas senhoras, como por milagre vejo aproximar-se um cavalheiro (ai! não há felicidade completa...), que supus ser o sr. Washington Luís Pereira de Souza, maior, púbere, historiador, natural de Macaé, eleito pela Providência para a egrégia função de *rodoviar* a terra paulista...

— Ex.ª, os meus cumprimentos. A sua festa está uma maravilha!

A ex.ª estende-me a mão peluda; puxa-me suavemente para longe das senhoras; fixa-me com uns olhos que, por momentos, imaginei saturados da ternura acariciante que errava pelo ar, embalsamado do aroma das flores, ciumentas da beleza das mulheres; e grunhiu:

— Que é que você está fazendo aqui? Tenho muito prazer em receber *em minha casa* os meus convidados. Mas, quanto a você...

Ah! refleti eu, o homem (ele já me havia dado a honra de saudar-me, de longe, numa amável mesura...), o homem quer pregar-me uma partida de espírito. Como tenho criticado a sua administração; falado no seu *delírio rodoviário*; no abandono em que, por isso, deixa os verdadeiros problemas públicos, vai passar-me um *trote*, como a caloiro: "— Então, o Governo não presta, mas o *champagne* do Governo é bom? Vi-o há pouco a lamber-se com uma fatia de peru com farofa. Está gostando da festa, seu pândego?". Era o que eu esperava de sua luminosa inteligência e da atitude *bon enfant** que assumira, dando-me de *você*. Vou portar-me na altura, decidi, pondo-me em guarda:

— Ora esta, ex.ª, o que estou fazendo?! Pois ignora? Pensa, acaso, que entrei por baixo do pano?...

— Não. Com franqueza, estranho a sua presença em minha casa. O senhor não devia estar aqui.

Mau, mau, — pensei. Aquela mudança de *você* para *senhor* é sintomática... Ele orienta a *blague* para outro lado. Vai fingir zanga. Mas, para zangado, zangado e meio. Redarguí, pois, imitando-lhe a carranca bufa:

— Eu é que peço licença para estranhar a estranheza de v. ex.ª. Deve saber que estou numa festa oficial, dada pelo presidente do estado à sociedade paulista, às altas autoridades e à imprensa, representando oficialmente o *Jornal do Commercio*. E ninguém mais autorizado do que eu, para fazê-lo, sendo, como sou, um dos seus principais redatores, e conhecido, como é, que fui o autor da maioria dos artigos de crítica aos atos do Governo de v. ex.ª.

---

* "Bom menino". (N. do E.)

— Isso não explica nada. Repito-lhe que o senhor não devia estar aqui, *em minha casa*.

— Opiniões, ex.ª. A sua provém de um equívoco. Pensa que está em sua casa, e não está. Está numa casa que o povo lhe oferece para residir durante quatro anos. Daqui a pouco não estará mais...

— Insisto. O seu lugar não é aqui, disse, plagiando escandalosamente o sr. conselheiro Rodrigues Alves...

Eu podia desviar a palestra para o campo da literatura, a propósito do plágio. Mas tive medo que s. ex.ª me recitasse alguma página inédita das que anda escrevendo para a nova edição da *Capitania de São Paulo*. Nessas condições, aceitei o desafio para a continuação da *blague*, e obtemperei-lhe:

— Convidou o *Jornal do Commercio* com a condição de me não mandar à festa? Fez mal, porque, se quando organizou o seu Governo não foi perguntar ao *Jornal do Commercio* quais deviam ser os seus auxiliares, deve reconhecer ao *Jornal do Commercio* o direito de compor como muito bem entender a sua redação, sem lhe dar absolutamente contas de quem é mais, ou menos apto para representá-lo, onde quer que seja...

— Continuo a dizer-lhe que o senhor não devia estar aqui, *na minha casa!*...

— Sim. Se o sr. Washington Luís quer insinuar a sua conhecida prepotência ao sr. presidente do estado, pode o sr. presidente do estado chamar os seus lacaios e mandar-me pôr daqui pra fora. Mas, enquanto isso não acontecer, fique v. ex.ª certo de que permanecerei, nesta festa oficial, dada pelo presidente do estado à sociedade paulista, às altas autoridades e à imprensa, representando oficialmente o *Jornal do Commercio*. Com sua licença...

    E voltei-lhe as costas, porque, como sucede, às vezes, nas brincadeiras de mau gosto entre rapazes, tomara a *blague* uma feição de seriedade, profundamente risível, e podia dar na vista... Tanto mais quanto o sr. Washington Luís (eu, até nesse instante, julgava estar tratando com o sr. Washington Luís...) bufava, como um possesso, mal reprimindo a sua cólera de soba de pantomima...

    — Venha cá, Biezinho. Como é que o Moacyr entrou aqui? *Seu* Marcílio, então não há mais polícia nesta casa? Raios partam estes biltres, que vivem no mundo da lua e não prestam para nada!...

    Entrementes, eu aventurava-me a um *fox-trot*,* fazendo concorrência à jovialidade do sr. Rodolfo Miranda, que, ao mesmo tempo que martirizava os pés de uma rechonchuda beldade sua contemporânea, com patrióticos ademanes lhe impingia toda a história da propaganda republicana:

    — O Glicério... o Venâncio Aires... Lopes Trovão... Belo tempo, madama. Eu até já pedi ao Washington, que é o nosso

---

* Há uma versão que diz ter sido maxixe, em vez de *fox-trot*. É falsa.

Mommsen, que pusesse em livro toda a glória da odisseia empreendida para chegarmos aos dias áureos do seu benemérito Governo. Mas ele já não toma a sério estas coisas. Parece que quer dormir sobre os louros colhidos com a *Capitania de São Paulo*. São assim os nossos gênios...

Quando o sr. Rodolfo Miranda fez esta peroração sentimental, marcava 5h20 o relógio dos Campos Elíseos. Tomei o meu *claque*, o meu sobretudo, a minha bengala; e, encaminhando-me para a porta, onde s. ex.ª distribuía os seus últimos sorrisos às últimas senhoras que se retiravam, reverenciei-o, numa grande curvatura de espinha, copiada ao sr. Júlio Prestes:

— Sr. presidente do estado, as minhas homenagens a v. ex.ª, e à família republicana...

Abalei. Vênus (sempre ela, símbolo amável!...) ardia, opalescente, como uma monstruosa gema, que se engastasse no horizonte, barrado de púrpura...

Fui para casa. Ronquei até à tarde, como um nababo. E, à tarde, passando pelo Garraux, tive uma ideia:

— Há aí, acaso, um *Manual do bom-tom*?

— E excelente. O melhor possível. Da corte inglesa. Autêntico. *Rules and Manners of Good Society, by a Member of the Aristocracy*.* London, 1912.

---

* "Regras e maneiras da boa sociedade, por um membro da aristocracia". (N. do E.)

Abri-o no capítulo "States Balls".* Convinha.

— Quanto custa?

— Doze mil-réis.

— É meu.

Peguei na pena, e escrevi: "Ao sr. dr. Washington Luís, como recordação afetuosa do baile de 15 de novembro nos Campos Elíseos, — Moacyr Piza. São Paulo, 16 de novembro de 1922".

Três mil-réis — o preço de um *English-Portuguese*, portátil, foram ainda reclamados pela minha gratidão atenciosa. Comprei o dicionário; juntei-lhe uns retalhos do *Jornal do Commercio*, d'*O Estado de S. Paulo* e do *Correio Paulistano*; e, fazendo de tudo um pacote, consignei: "Il.^{mo} e ex.^{mo} sr. dr. Washington Luís Pereira de Souza A. C. do sr. dr. presidente do estado. Palácio dos Campos Elíseos. Nesta".

Um mensageiro completou o serviço.

....

....

Houve gente que, sabendo disso, tomou barrigadas de riso. Eu não. Eu fiquei envergonhado pelo sr. Washington Luís. Nem atenuou a minha vergonha o verificar, mais tarde, que s. ex.ª fora vítima de uma torpe mistificação. Sim, porque o sujeito que me apareceu na festa, dizendo-se dono da casa, e a

---

* "Bailes de Estado". (N. do E.)

quem o sr. Júlio Prestes chama pitorescamente *dono da festa*, não era o sr. Washington Luís. Era, provavelmente, um irmão gêmeo de s. ex.ª, que o pai fizera feitor de escravos num antigo engenho de açúcar em Macaé e que, pilhando s. ex.ª a dormir, extenuado pelos arranjos da casa durante o dia, lhe usurpara, abelhudo, o lugar, produzindo, pela carência de civilidade e tato, o feio desaguisado...

Ação de negro, por mimetismo.

VII.

Enfin, l'on peut avancer que la circulation des idées nouvelles, l'annéantissiment des préjugés barbares, l'urbanité, la politesse et, par conséquent, la civilisation, sont en partie dues á nos charmantes Hétéres. Honneur á elles!*

A. DEBAY

Não fui eu, portanto — firme-se isto, desde logo, — quem *destratou o dono da festa e os convidados*. Não fui eu, nem o sr. Washington Luís. E, se não fui eu quem os destratou, muito menos poderia ter sido o sr. Washington Luís quem me

---

* "Pode-se dizer que a circulação de ideias novas, a destruição dos preconceitos bárbaros, a urbanidade, a polidez e, consequentemente, a civilização, se devem em parte às nossas encantadoras Hetairas. Honra a elas!" (N. do E.)

destratasse, porque o sr. Washington Luís, em que pesem as opiniões em contrário, é branco;* e o bruto da *blague* não o era evidentemente. Traía, na estreiteza da fronte oblíqua, na estrutura nasal romboide e na espessura da beiçana sensual, o estigma das mestiçagens recentes, e padreações cafuzas, confirmado por uma pigmentação suspeita, denunciativa de raças que nunca viram o Cáucaso...

Mas... que fosse o sr. Washington Luís. Que se tratasse, na realidade, do *dono da festa*. Havia razões para um incidente da ordem do sucedido nos Campos Elíseos? Não. E isto é o que me leva a zurzir, implacável, o intruso, que nos está comprometendo a ambos, pela relação, a que me constrange, de fatos que infelizmente não nos abonam, porque nos dão em pábulo à chacota das galerias...

Eu e o sr. Washington sempre vivemos na melhor harmonia. Não tinha mais entranhada amizade do que eu por s. ex.ª Sancho Pança pelo seu ruço; e Sancho, que não era, como eu, no parecer do sr. Júlio Prestes, *capaz de tudo*, capaz seria, sem sombra de dúvida, de dar a vida pelo ruço... Não blasono de arrojar-me a extremos tais. Contudo, sempre direi que seria homem para um sacrifício grande, tanto que li, de cabo a rabo, a *Capitania de São Paulo*...

---

* Eu não me gabo de branco. Nasci no Brasil, e creio pouco em genealogias.

A razão, em que se apoiam os intrigantes, para justificar a balela do incidente com o sr. Washington Luís, não passa de pura fantasia; porque o episódio condensado nas linhas transcritas da carta a Amadeu Amaral, se envolve a minha pessoa, não foi por mim provocado, mas pelo outro possuidor da chave do enigma, o sr. dr. Roberto Augusto dos Santos Moreira. Na carta a Amadeu Amaral, contei o milagre, sem contar o santo. O santo — saibam-no todos, — o santo é ele, o *deputado tido e havido como cavalheiro da maior circunspecção*. É ele, e não outro, *o amador telefônico impertérrito*; ele, o que mandou ao Prado da Mooca, na parada de Quinze de Novembro, com um convite para a tribuna oficial, a senhora elegante, bela, quase divina e, mais que tudo, alegre. Ele, e não eu; que eu, naquele dia, não podia pensar em *amor*, porque pensava no sr. Washington Luís, e s. ex.ª não é o meu tipo... Depois, não sou, nunca fui orador; e a senhora elegante, bela, quase divina e, mais que tudo, alegre, apareceu no Prado da Mooca, não pela vaidade de exibir-se na tribuna oficial (coisa para ela somenos, se não perigosa para a sua reputação...), mas pela esperança de ouvir ali, em discurso novo, o discursador de Sete de Setembro, no Ipiranga.

Ela lá estivera no Ipiranga, e o sr. Washington Luís não se escandalizou. Não se escandalizou, porque era a data da Independência, e viu, quiçá, na senhora elegante, bela, quase divina e, mais que tudo, alegre, um símbolo, — o símbolo da independência... De resto, era historiador; e a história, lembrando-lhe Pedro I, lembrou-lhe a marquesa de Santos, e, lembrando-lhe a marquesa de Santos, fê-lo benevolente... Pedro I... A Independência!... A marquesa de Santos!... A marquesa também fora elegante, bela, quase divina e, mais que tudo, alegre... A alegria da festa da Independência!... A Independência!... Aquela mulher!... O orador!... Aquela mulher, sobretudo, porque, na sua elegância, na sua beleza, na sua quase divindade, era o símbolo da Independência!... Aquela mulher, sim, no cenário em que surdia, rodeada pelos grandes da terra — políticos, generais, poetas, artistas, a nata da cidade, em suma — fora uma aparição feliz. Sem ela, a comemoração não estaria completa; não teria o relevo que a tudo empresta a Beleza; perderia muito da sua significação verdadeiramente humana...

A Independência, proclamada à beira daquele córrego, que o Progresso despoetizara, lançando-lhe por cima uma ponte de cimento armado, canalizando-o sacrilegamente, a Independência — ruminava s. ex.ª — fora o maior acontecimento da nossa história. E não registrava a história universal acontecimento assinalado, que lhe não associasse, invariavelmente, o nome de uma mulher como aquela, de quem poderia s. ex.ª dizer, talvez, como Sócrates de Teodote (o sr. Washington Luís, falando como Sócrates!...), que era o *espetáculo mais lindo da Natureza*... Ocorreu-lhe, então, a Bíblia (através da *Madame*

Pommery, de Hilário Tácito,* com a conquista trombeteada e horrífica devastação de Jericó, onde manda Josué que a vida seja poupada somente a uma tal madama (e má dama...) *Rahab. Sola Rahab meretrix vivat.***

Pensou na paixão de Cristo, nas mulheres que o haviam seguido por toda a parte, e no perfil suavemente doloroso de Madalena que, fiel, o acompanhara até o último transe, santificando-se... E por aí veio-lhe a imaginação, tempos em fora, desde a Grécia de Péricles, com Aspásia, que lhe compunha os discursos de chefe de Estado, até à França de Richelieu... de Richelieu? Não. Até a França de Ninon de Lenclos...

Na Grécia, evocando-a nos traços fidianos daquela formosa hetera, que, movendo-se, por vezes o roçava com a espádua redonda, carnuda, tépida, perturbante de aromas sadios, sentiu-se, como num sonho, ao lado de Herfílis, favorita e, logo, esposa de Aristóteles. De Herfílis passou a Lamia, espírito gentil, amada de Demétrio, glorificada numa apoteose por Tebas e Atenas... Edificou-se, depois, ante o desassombro de Leona, na conspiração contra Hiparco, votando, com os atenienses reconhecidos, o monumento que lhe havia de exprimir a gratidão da pátria. Quis ser, em dado momento, Alcebíades, para

---

* Livro de cabeceira de s. ex.ª. Se o tivesse, porém, lido antes de escrever a *Capitania de São Paulo*, haveria produzido uma obra-prima.

** "Rahab. Que viva apenas a prostituta Rahab." (N. do E.)

se enlevar na dedicação que tornou célebre Timandra Baboso, como num êxtase, postou-se diante de Frineia, rubra flor de luxúria, fecundando o cinzel genial de Praxiteles, dominando o Areópago com a fascinação da sua nudez olímpica. E creu-se venturoso por se encontrar, de repente, nos salões de Laís, ouvindo-lhe o elogio de Aristipo!...

Ah! Laís!... Resumes, como nenhum outro símbolo, toda a alma da Grécia! Em ti, está a Grécia inteira, com a sua Beleza imortal, com a sua Filosofia, com a sua Glória, que é a glória máxima da humanidade! Vejo-te, egressa do gineceu, no esplendor dos teus simpósios, nucleando o pensamento de uma época eterna! dando a mão a Diógenes e conversando Diágoras! admirando Platão e tentando Xenócrates!...

Ah! Laís!... A apóstrofe ia por diante; mas cessou, quando, remetendo-se para o seu *Manual enciclopédico*, verificou s. ex.ª que ela, a sublime hetera, havia cometido a imperdoável pacovice de preferir ao trono da Lídia o título de cidadã de Corinto. Ponderando o caso, felicitou-se pela esperteza com que, em identidade de circunstâncias, abandonara o título de cidadão de Macaé pelo trono de São Paulo. Fora uma parva, a Laís... Não obstante, curvou-se, reverente, à vista do templo, que lhe erigiram os corintianos, apanhando do solo, como relíquia, uma medalha cunhada com a efígie da grande cortesã...

E... achou-se em Roma, ciceroneado pelo sr. Rocha Azevedo, visto que o sr. Roberto Moreira, abemolando a voz com doçuras mélicas, os olhos fixos no pedaço de céu daquele rosto venusto, prosseguia, todo lamecha, na sua interminável arenga...

Roma! Roma não podia ser esquecida diante daquela mulher evocativa... Roma! Aí, mais do que na Grécia, se sublimaram as heteras. Leona não fora só grega. Leona ressurgira na alma inspirada das mil e uma dicteríades, que concorreram com a sua abnegação e o seu gênio para a salvação da República nos momentos críticos. Na pátria de Catão, foram, de fato, as heteras, heroínas veneráveis! Muita vez, no aconchego das suas câmaras, recendentes a nardo e a benjoim, resolveu-se a sorte daquele povo formidável. E, então, reviu Fúlvia, espelho de formosura, aliando-se a Cícero, inflamado, tonitruante, nas lutas contra a cupidez de Catilina. Prescia surgiu-lhe, depois, esplêndida, o perfil puríssimo, os quadris amplos e firmes, túmidos os seios que escureceriam a neve, os encantos todos realçados pela leveza da túnica ondeante, a denunciar nas formas, que envolve numa carícia, maciezas de pêssego maduro... Era bem ela, Prescia, a incomparável, acatando Lúculo, submetendo Pompeu, apaziguando Cetego, atraindo Antônio, harmonizando-os a todos e realizando, em uma palavra, toda essa obra-prima de diplomacia de alcova,* que, com a derrota do orgulho Mitrídates, legara a Roma a Bitínia e o Ponto! Supôs-se,

---

* Ferrero — *Grandeza e decadência de Roma*.

ainda, diante de Augusto, com Sálvia, com Rufila, com Terentila, com Tertula... E, aí, notou que, em Roma, como na Grécia, como em toda a parte, um grande homem, sem ligações com grandes pecadoras, não era nunca, autenticamente, um grande homem. É que se lhe fixara na mente, como um aviso, a figura do grande césar, aproximando-se das mulheres para entrar no segredo dos seus competidores... E sorriu com bonomia, na intuspecção da tendência, que se descobrira, para chegar a grande homem autêntico...

Pudesse ele ser grande homem em São Paulo, como Luís XIV o fora em França!... Arranjar uma Ninon, com uma amiga igual a Marion de Lorme, e reproduzir-lhe, no alto da Serra, as tertúlias famosas!... Ah! então é que haviam de ver: daria às letras e artes piratininganas um impulso maior que o das rodovias! São Paulo pululuaria de sábios, filósofos, poetas, tribunos, historiadores. Não seria ele, mais, o único historiador; nem o sr. Freitas Vale o único poeta em francês; nem o sr. Roberto Moreira a única tradução portuguesa do sr. Freitas Vale; nem o sr. Rafael Sampaio o único filósofo; nem o sr. Júlio Prestes o único tribuno. Viesse a Ninon, e os Richelieu, os La Bruyére, os La Fontaine, os La Rochefoucauld, os Fontenelle, os Molière por certo que não faltariam. Ali estava ele, para fecundar... o século! Ele, sim, ele próprio, ele, o sr. Washington Luís Pereira de Souza, maior, púbere, historiador, natural de Macaé, eleito pela Providência para a egrégia função de *rodoviar* a terra paulista... O outro, Luís xiv, porque tinha sido um chefe monárquico e fizera o século mais luminoso da França, fora o *Rei Sol*; ele, Washington i, como era um chefe republicano e estava fazendo o século mais automobilístico de São Paulo, seria o *Presidente Farol*, — um iluminado, iluminando a rodovia do futuro...

— *L'État c'est moi!** Como Luís xiv, poderia repetir a grande frase. *L'État c'est moi!* E havia de ser mesmo. E já era mesmo, naquele momento, muito antes de aparecer a Ninon... Já era, incontestavelmente; pois, se não fosse, não o estariam cercando de tantas e tão altas considerações; se não fosse, não estaria ali, a encomiá-lo, elevando-o aos cornos da lua, o sr. Roberto Moreira, *deputado tido e havido como cavalheiro da maior circunspecção*. E o sr. Freitas Vale. E o sr. cônego Valois de Castro. E o sr. Júlio Prestes!...

A presença daqueles ilustres cidadãos, não só naquela solenidade, mas onde quer que se achasse o sr. Washington Luís Pereira de Souza, maior, púbere, historiador, natural de Macaé, eleito pela Providência para a egrégia função de *rodoviar* a terra paulista, era a cabalíssima prova de que, de fato, o estado era ele. *L'État c'est moi!* Aquela prestimosa gente estava sempre onde estava o estado. *L'État c'est moi!* Era como os corvos que nunca se alongam dos podredoiros. *L'État c'est moi! L'État c'est*

---

* "O Estado sou eu!" (n. do e.)

moi! L'État c'est moi!... E, pois que era ele o estado, bolas! podia mandar vir a Ninon...

— Jacques! berrou, ao ver que o orador perorava, apelando para o seu imprescindível concurso na obra de engrandecer o Brasil independente. Jacques! E colou os lábios à incomensurável orelha de Jacques:

— Quero a França do século XVII no século XX de São Paulo!

— Ninon?

— Ninon!

— *Entendu...**

Tomou-o o sr. Júlio Prestes pelo braço, porque a cerimônia estava acabada.

— Viva Washington I! explodiu uma voz patriótica, dentre a multidão tumultuante.

— Viva o belo sexo! emendou outra, ecoada pela *entourage* de s. ex.ª...

Palmas. Todos os automóveis fonfonaram alacremente, num uníssono apoteótico. A mulher elegante, bela, quase divina, e, mais que tudo, alegre — a criatura evocadora de todas aquelas reflexões históricas, naquela histórica manhã — descia as escadas vagarosamente, num passo cadenciado, solene, de deusa. S. ex.ª envolveu-a num olhar admirativo, dúlcido,

---

* "Entendido..." (N. do E.)

carinhoso. Que lustre que ela dera à comemoração da Independência! que requinte! que *cachet*!...*
— Jacques!
— Ninon?
— Ninon!
— *Entendu*...

....

....

Pergunto:
— Poderia o homem que assim se houve com tanta e tamanha finura, o homem culto, inteligente, delicado, gentil, que tão bem compreendia o mundo e a política, as contingências da política e as contingências do mundo, a história, as personagens da história; poderia esse homem abespinhar-se, e praticar uma brutalidade, só porque, durante a parada de Quinze de Novembro, lhe aparecera ao lado, na tribuna oficial, uma senhora elegante, bela, quase divina e, mais que tudo, alegre? Não, porque seria falta de espírito; salvo o caso de entender s. ex.ª que a senhora elegante, bela, quase divina e, mais que tudo, alegre, em vez de ali se apresentar em público, deveria tê-lo procurado em mais discreto sítio, para iniciarem, desde logo, o século XVII da França no século XX de S. Paulo...

---

* "Que estilo!..." (N. do E.)

VIII

Non omne quod licet honestum est.*
PAULO

Uma única hipótese restaria, pois, capaz de justificar, até certo ponto, e isso mesmo mal, um procedimento menos afetuoso do sr. Washington Luís para com a minha humílima pessoa. Era a de se ter desgostado com a tese, que enunciei e, perante a Comissão de Poderes da Câmara dos Deputados, sustentei, falando das condições em que honestamente podem e devem ser gastos os dinheiros públicos. Foi isto na contestação que fiz ao diploma do sr. Fernando Costa, candidato comigo e outros (outros Fernandos Costa...) a uma cadeira na representação do oitavo distrito. Referia-me eu à questão das *rodovias* e comentava:

* "Nem tudo o que é lícito é honesto." (N. do E.)

— ... com o programa de viação ideado pelo sr. Washington Luís, não há orçamento que aguente. S. ex.ª, na sua mirabolante plataforma, escreveu e leu, com a sua voz de barítono, no banquete em que se devia consagrar a sua candidatura:

— "Precisarei dizer-vos que a administração será honesta, que as arrecadações serão rigorosas, que os gastos públicos serão escrupulosos, que os orçamentos serão respeitados, que as leis serão cumpridas?"

Com os esbanjamentos das estradas de rodagem está o sr. Washington Luís suscitando dúvidas sobre as coisas que então se dispensava de dizer — "por serem deveres comezinhos de todos os governos, que, mercê de Deus, em São Paulo, têm sido cumpridos rigorosamente".

Quanto ao respeito prometido aos orçamentos, já, no primeiro ano de sua administração, vimos que foi apenas figura de retórica: prevista para as quatro secretarias uma despesa de 107.408:785$236, gastou s. ex.ª 174:665:071$697, sendo 152.062:607$482 de verbas ordinárias e 22.602:464$215 de verbas extraordinárias!

Onde foi esse dinheiro? Provavelmente nas estradas de rodagem: porque as que se encontram concluídas, entregues ao trânsito público, ficaram, segundo é notório, em milhares e milhares de contos de réis. A de Itu fala-se — andou em perto de 6 ou 8 mil; a de Ribeirão Preto, em duas ou três vezes mais — e assim por diante...

Ora agora dizei-me: é honesto isto? Não. Porque a honestidade de um governo não está apenas em prestar contas exatas daquilo que despendeu ou despende, indicando o emprego dado aos dinheiros do povo. A honestidade de um governo está, principalmente, em gastar só e só aquilo que possa, sem sobrecarga inútil do povo, e em gastar conforme o forem exigindo as necessidades, com preferência dos serviços mais urgentes. A isto é que se chama escrúpulo de uma administração; porque uma administração que gasta mais do que pode, e mal, sabendo que gasta mal e mais do que pode, não é, absolutamente, no rigor do termo, uma administração honesta. É, no mínimo, quando não desonesta, uma administração escandalosa.

Ignorará o sr. Washington Luís que está gastando mal e mais do que pode? Não é de supor, s. ex.ª tanta ciência tem da situação precária do estado que, a pretexto de consolidar a dívida pública, já realizou três empréstimos — um, em Londres, de lbs. 2.000.000; outro, em Nova York, de $10.000.000; outro, em Amsterdã, de 18 milhões de florins.*

Sabe, portanto, o sr. Washington Luís que está gastando mais do que pode. E que está gastando mal, só não o saberá... por fingimento. Faço-lhe esta justiça, porque o tenho na conta de um homem inteligente; e um homem inteligente vê logo que o dispêndio de fortunas enormes em estradas de rodagem,

---

* Isto, sem falar no empréstimo interno, que fez, de 150.000:000$000.

paralelas quase, na sua maior extensão, às vias férreas, e por onde não passam, em um mês, 500 mil-réis de mercadorias — é uma tolice, quando não seja um crime.

Dificilmente poderia alguém topar, aí, coisa com que se desse por magoado o sr. Washington Luís. Antes de mais nada, não há, nesse trecho, uma crítica pessoal; o que há é apenas uma crítica a atos administrativos; e a crítica aos atos de uma administração é direito de todo o mundo — direito e não só direito, mas até dever, cuja desobediência roça pela covardia. Além disso, a crítica, que tracei, está feita em termos polidos, de uma rara cortesia em um meio onde o padrão comum da linguagem usada em tais justas oferece-o o próprio *leader* do Governo, falando ao Tribunal de Justiça...

Chamei, é certo, *barítono* ao sr. Washington Luís. Chamei-lhe, ainda, *homem inteligente*. Mas essas expressões empreguei-as pura e simplesmente por considerá-las verdadeiras, tão verdadeiras quanto as cifras e o mais que se contém no texto reproduzido. No particular da voz, afigura-se-me que haveria, talvez, razão para melindres, se eu houvesse capitulado s. ex.ª de contralto, soprano, ou meio-soprano, sobretudo andando s. ex.ª, de contínuo, na companhia do sr. Freitas Vale e frequentando, como romano antigo, a Villa Kyrial. Por tê-lo capitulado de barítono, é que não. A voz de barítono é a própria, característica do homem. Dizer que um cavalheiro é barítono vale até por um elogio: é o mesmo que reconhecer-lhe, indiscutível, a masculinidade. E elogio, e não pequeno, também me parece o epíteto de inteligente, tanto mais quanto, depois que s. ex.ª é Governo, não fui eu nem o primeiro, nem o único que lho aplicou. Sabe isto s. ex.ª, porque lê o *Correio Paulistano* e cavaqueia, todos os dias, em palácio, com a Comissão Diretora, o Senado e a Câmara. Foi fundado nessas autoridades que eu ousei mimoseá-lo com o inócuo adjetivo verbal. Agora, se s. ex.ª não é mesmo barítono, e zangou-se, peço-lhe desculpa, que bem a merece a minha incompetência em matéria de música e canto; sendo que, para contrastar a opinião por mim emitida, haverá, ainda, o recurso de uma prova pública, perante os entendidos no assunto. Não foi, decerto, com outra aspiração que o sr. Freitas Vale (Jacques d'Avray, *grand poéte inconu, prince royal du symbole*)* escreveu *Les Aveugles-nés*.** Uma ideia: a 10$000 a cadeira, anúncios grátis, poderia s. ex.ª fazer uma linda festa, em benefício da obra muitas vezes benemérita do *relèvement des jeunes filles tombées*...***

Aceite o sr. Washington Luís esta admirável ideia, e eu, sem mais delongas, me comprometo a confessar que falsa é, à luz de todo o são critério, a tese sustentada perante a Comissão

---

* "Grande poeta desconhecido, príncipe real do símbolo". (N. do E.)

** *Os cegos de nascença.* (N. do E.)

*** "Recuperação das jovens perdidas". (N. do E.)

de Poderes. Porque, de fato, sendo a honestidade, assim das pessoas, como das administrações, uma coisa *absolutamente relativa*, e dependendo a sua aferição das condições do meio ambiente e da mentalidade dos indivíduos, claro é que aquilo que a uns parece direito a outros torto parecerá, sem erro de nenhuma das partes. No nosso dissídio, com esta lógica, que tenho por excelente, nada me custaria voltar atrás de tudo quanto dissera e, sendo a expressão puríssima da verdade perante o senso comum, mentira, e mentira cínica, poderia considerar-se, dado que eu me quisesse colocar dentro do sr. Washington Luís, raciocinando com a sua cabeça, obedecendo à moral por que se pauta s. ex.ª. A dificuldade estaria em poder eu, bem como qualquer outra pessoa, raciocinar com a cabeça do sr. Washington Luís. A cabeça de s. ex.ª só s. ex.ª sabe raciocinar com ela. É uma geringonça sobremodo complicada. Mas, em havendo boa vontade, tudo se arranjaria...

    E digo que tudo se arranjaria, porque não há nada que, com um pouco de habilidade, se não consiga neste mundo. O caso do sr. Júlio Prestes, que, com trinta anos de São Paulo, não logrou ainda articular os vocábulos terminados em "l", sem lhes dar à desinência o som rachado de "r" — papel, *paper*; Portugal, *Portugar*; Leonel, *Leoner*; animal, *animar* — é caso excepcionalíssimo, único. E, pois que é caso único, excepcionalíssimo, suponho que, com algum esforço, chegaria a pensar, pelo menos rudimentarmente, com a cabeça do sr. Washington

Luís. E então, contra o que naquele malsinado trecho opinara, condenando os gastos excessivos de s. ex.ª, entenderia que, na realidade, deve o supérfluo preterir o essencial, por ser o essencial, em determinadas circunstâncias, de todo em todo supérfluo...

    Não se impinge, aqui, paradoxo, com o secreto intuito de lançar a confusão, como argumento supremo. Nas circunstâncias em que se encontra São Paulo, com o sr. Washington Luís ao leme, há, indubitavelmente, a superfluidade do essencial: porque, sendo s. ex.ª o estado, identificadas como se acham as respectivas pessoas física e jurídica, só de fato se faz necessário ao estado aquilo de que necessita s. ex.ª. S. ex.ª é sadio; logo, boa deve ser a saúde do estado e solucionado pode considerar-se o problema da saúde pública. S. ex.ª sabe ler e escrever, dizem; logo, anarquize-se o ensino, acabe-se com ele, porque ler e escrever sabe também o estado, estando resolvido o problema da instrução primária. S. ex.ª é rico, vive, confortavelmente, num palácio; logo, rico é o estado e, consequentemente, o povo, que, morando bem, como s. ex.ª, não precisa que o estado pense nele. S. ex.ª sente, apenas, necessidade de uma coisa: estradas de rodagem, para dar largas à sua índole esportiva; logo, faça o estado, com preterição de tudo o mais, estradas de rodagem, que é o essencial, porque, sendo s. ex.ª o estado, de outra coisa não necessita s. ex.ª. Eis, nas necessidades de s. ex.ª, tornado essencial o supérfluo, porque o supérfluo para toda a gente é o essencial para s. ex.ª. Eis, mais, provado que, muito embora o desrespeito continuado das promessas formais da plataforma lida no Municipal, não houve ainda, do ponto de vista administrativo, Governo mais honesto que o do sr. Washington Luís...

Pouco importa que, por causa das estradas de rodagem, se houvessem interrompido obras sociais do vulto das do Asilo de Santo Ângelo. Pouco importa que, por causa das estradas de rodagem, faltem, até, livros nas escolas, pela supressão de verba competente. Pouco importa que, na construção das estradas de rodagem, se tenham consumido os dinheiros votados para a execução de outras obras de maior urgência, e imediata utilidade. Pouco importa isso tudo e o mais que se alega ou alegue. O sr. Washington Luís é o estado. O sr. Washington Luís precisa de estradas de rodagem. Se o sr. Washington Luís precisa de estradas de rodagem, o estado também precisa. Façam-se, portanto, estradas de rodagem. Rodovias, rodovias e mais rodovias — eis o essencial, que, sem rodovias, não pode o sr. Washington Luís viver, e, não podendo viver o sr. Washington Luís sem rodovias, também não viverá o estado. Viva, pois, o sr. Washington Luís, e viva com ele o estado. Venham as rodovias!...

E, quando o sr. Gama Rodrigues pedir, outra vez, no Congresso, como deputado, informações sobre o sacrifício a que, por causa das rodovias, se está submetendo o povo, com a sangria de impostos e mais impostos, responda-lhe, novamente, flamante de santa indignação, o sr. Deodato Wertheimer:

— Maior sacrifício é o estarmos nós aqui a ouvir v. ex.ª com tamanha irreverência falar do impoluto sr. presidente do estado.

E corrobore-o o sr. Júlio Prestes, mostrando que, no ano 34 da República, num estado culto como São Paulo, é uma infâmia pedir informações ao Governo sobre questões de dinheiro; porque a dignidade do Governo — sobretudo a do Governo do sr. dr. Washington Luís Pereira de Souza, maior, púbere, historiador, natural de Macaé, eleito pela Providência para a egrégia função de *rodoviar* a terra paulista — está acima, e muito acima, de quaisquer suspeitas.

E aplauda a Câmara o sr. Deodato Wertheimer.

E votem, com o sr. Júlio Prestes, os *representantes* do povo...

IX.

Os sábios possuirão a glória: a exaltação dos insensatos será a sua ignomínia.

SALOMÃO, PROVÉRBIOS

Não serei eu, decerto, quem vá perturbar, no Congresso, as manifestações de solidariedade, feitas ao sr. presidente do estado. Às galerias não é permitido intervir no que se passa naquele seio d'Abrão; mas, apenas, ver e calar, exatamente como os ilustres *representantes do povo*, que, quando veem (e poucos, ali dentro, se poderão gabar desta faculdade...), quando veem, se lhes veda a consciência o apoiado do estilo, o mais que fazem é calar-se, para evitar complicações...

Cá de fora, porém, bem que não reprove as ditas manifestações, pois cada qual arranja a vida como pode — e o sistema dos srs. membros do Congresso é um sistema como outro qualquer — sempre notarei que, se grato se mostra o sr. Washington Luís para com os que o andam endeusando, desde que s. ex.ª é Governo, e antes mal o conheciam, muito mais grato deveria mostrar-se para com aqueles, como eu, que, em todos os tempos, o conheceram, considerando-o, outrora como hoje, o mesmo homem, sem a diferença, sequer, de um pelo...

Reclamo, para mim, com todas as forças, o título de amigo incondicional do sr. dr. Washington Luís Pereira de Souza, maior, púbere, historiador, natural de Macaé, eleito pela Providência para a egrégia função de *rodoviar* a terra paulista. E afirmo-lhe que, com a minha amizade, fica s. ex.ª (à parte certos favores secretos, que não estão na minha índole) muito mais bem servido do que com a dos cavalheiros que de costume o cercam, a começar pelo sr. Júlio Prestes...

Fica s. ex.ª muito mais bem servido com a minha amizade do que com a desses cavalheiros, porque, considerando s. ex.ª, como disse, em todos os tempos, positivamente o mesmo homem, também na sua intimidade jamais seria capaz de mudar, acrescentando-me ou diminuindo-me, para lisonjear a vaidade de s. ex.ª. Aquilo, que, na rua, sou para todo o mundo, havia de ser para s. ex.ª no seu convívio diuturno, se eu não fosse um amigo repudiado, e vivesse ao pé de s. ex.ª. As palavras que profiro nos cafés, glosando os motes que me dão os amigos do sr. Washington Luís, quando se querem divertir, proferi--las-ia, da mesma forma, em palácio, muito embora o pasmo provável de s. ex.ª, desabituado de tais franquezas, e a indignação honradíssima daqueles mesmos que, nos cafés, minutos antes, para se divertirem, me davam os motes...

Quero dizer, com isto, que, sendo talvez um amigo incômodo (a franqueza incomoda sempre), havia de ser, também, lá dentro, como sou, cá fora, apesar de incompreendido, um bom amigo; porque, ao menos, não concorreria para emprestar ao Governo de s. ex.ª a feição de ridículo, que todos, à socapa, lhe deploram, e que o sr. Júlio Prestes, quando veio, pela vez primeira, à tona o nome de s. ex.ª para a sucessão do sr. Altino Arantes, profeticamente* sublinhava:

— O Washington presidente! Que grande pilhéria, *seu* Cardoso...

Ora eu, pelo menos, como amigo incômodo, mas sincero, mas leal, contaria esse episódio ao sr. Washington Luís; e o sr. Washington Luís, recordando-se do procedimento do sr. Júlio Prestes para com o sr. Carlos Sampaio Viana, tempos atrás, por certo que não o teria feito *leader* da Câmara dos Deputados, onde, sem dúvida, precisa de um intérprete do pensamento oficial, não de um lacaio.

Mal suspeita o sr. Washington Luís a nefasta influência que exerce no seu Governo a *entourage*, que houve por bem

---

* Fez a profecia, como Mr. Jourdan fazia prosa: inconscientemente. Daí, a chalaça...

criar-se, desde que os mastins palacianos lhe farejaram probabilidades ascensionais na política. Tenho pena de s. ex.ª. Choro sobre a sua orgulhosa ingenuidade como Jeremias sobre as ruínas de Jerusalém. Como Jeremias, sim, com a mesma dor, e na mesma posição, que não preciso definir aqui, porque o sr. Rocha Azevedo conhece a Bíblia, e lha explicará, solícito...

Essa orgulhosa ingenuidade, que lhe oblitera a inteligência, é a ruína do sr. Washington Luís. Apareceu o sr. Lélis Vieira e, querendo gozá-la, disse que s. ex.ª sabia história. Vai o sr. Washington Luís, e escreve a *Capitania de São Paulo*. Aparece o sr. Altino Arantes e, precisando *dar o tombo nos Alves*, para não desmentir a regra segundo a qual todo o homem deve *cuspir* no prato em que comeu, observa-lhe dotes de estadista. Vai s. ex.ª, e aceita a presidência do estado. Aparece o sr. Freitas Vale e, abundando na opinião do sr. Altino Arantes, diz que s. ex.ª, para governar, não haverá mister senão de s. ex.ª, porque tem aptidões para tudo. Vai s. ex.ª, e rompe com a tradição de todos os governos, que escolhiam homens para secretários de estado, e coloca, nas quatro secretarias, quatro moços, *para lhe cumprirem as ordens*... Leia-se este documento portentoso, único:

S. Paulo, 21 — Auxiliares de v. ex.ª no Governo de S. Paulo e *com o prazer imenso de há mais de três anos lhe cumprir as ordens*, reveladoras sempre do grande patriotismo que lhe inspira o coração brasileiro, folgamos imensamente, quando soubemos das positivas e eloquentes manifestações com que o Brasil inteiro vibrou pelos seus legítimos representantes em aplausos à grande obra que v. ex.ª tem realizado em prol da nação. Por esse acontecimento tão grato ao estado de S. Paulo e tão inspirado no apostolado que tem sido a vida política de v. ex.ª, enviamos-lhe as nossas efusivas e sinceras saudações. (a) Heitor Penteado, Alarico Silveira, Rocha Azevedo e Cardoso Ribeiro.*

Se eu frequentasse o sr. Washington Luís quando s. ex.ª combinava com os seus *amigos* a organização de seu Governo, é seguro que o teria poupado, agora, à triste palhaçada desse telegrama; porque, fechando talvez os olhos à tolice da *Capitania de São Paulo*, haveria de indicar-lhe, quiçá, dentro

---

* Telegrama dirigido a s. ex.ª, por ocasião de sua recente visita à capital da República. Completa-o, naturalmente, este outro do sr. Alexandrino de Alencar: "Rio, 3 — Muito grato pelo seu telegrama, posso assegurar-lhe que deixou, em sua rápida passagem pelo Rio, fundas simpatias, não só pelo seu vigoroso físico, como também pela sedução no trato, própria dos chefes que sabem conduzir. Queira aceitar os nossos cordiais cumprimentos. — (a) Alexandrino de Alencar". S. ex.ª havia telegrafado ao sr. Alexandrino, e o sr. Alexandrino, marinheiro velho, responde-lhe, com elogios ao vigor físico... *O tempora! O mores!...* [Ó tempo! Ó costumes!...]

das próprias fileiras do Partido Republicano, cidadãos que melhor compreendessem as suas funções no Governo. S. ex.ª não me repeliria os conselhos, porque, por minha boca, lhe falariam a razão e o bom senso. Ao invés de o aplaudir, como fez o sr. Júlio Prestes, já d'olho na cadeira de *leader* e nas *advocacias salsichanas*, far-lhe-ia ver que o afastamento dos homens de verdadeiro valor das secretarias d'estado, sob pretexto de que, no regime presidencial, quem governa é o presidente, sendo os ministros ou secretários meros auxiliares mecânicos, é parvuleza, que só a má-fé poderia endossar.

No regime presidencial, quem governa é, de fato, o presidente. Nem por isso, entretanto, deve, ou pode ele prescindir do concurso daqueles que sejam capazes de dar-lho, com inteligência, com honra, com proveito para o estado. Governa o presidente, que tem, constitucionalmente, pessoal responsabilidade; mas, como o Governo, máxime num estado como S. Paulo, de assombroso desenvolvimento, é função sobremodo complexa, precisa o presidente de gente que o coadjuve, estudando em cada um dos departamentos da administração, os problemas públicos. Ministros, ou secretários de Estado — eis o nome dessa gente, que tem de ser, portanto, escolhida dentre indivíduos de alta mentalidade, cultura séria e amplo descortino. Cada um desses indivíduos, chamados pelo presidente para o auxiliar no Governo, feito o estudo que lhe cumpre, submete o resultado dos seus esforços, *o seu trabalho pessoal*, ao presidente que, então, deve ser um cidadão de discernimento, para aprovar ou reprovar o que lhe é apresentado, visto que a responsabilidade constitucional é sua e é ele quem, de fato, governa.

O Governo, pelo regime presidencial, tem de operar-se por esta forma, porque não pode fugir ao princípio da divisão do trabalho, condição essencial numa administração que quer fazer alguma coisa de útil e estável. Entendê-lo por outro modo — pela absorção, por parte do presidente, de todas as funções — é absurdo desmarcado, que só o *páthos* de uma egolatria, ditada pela inconsciência da própria incapacidade, poderia desculpar, talvez, nalgum estadista etiópico...

Qual, com efeito, aí, o homem que se julgue, já não digo com envergadura, mas com tempo material para estudar e resolver sozinho, e com critério, as questões múltiplas, profundas, variadíssimas, que nos depara, todos os dias, a vida de uma nação ou de um estado? Nenhum. O caso do sr. Washington Luís é singular. Origina-se da convicção, em que o puseram os maus amigos, de uma capacidade onímoda, de uma cultura enciclopédica, que o fariam um gigante do saber, se o não fizessem, pura e simplesmente, um coitado!...

Os estadistas de verdade não pensaram nunca pela maneira como pensa s. ex.ª. Interpretavam o Governo presidencial como é indispensável que ele seja interpretado, para não fracassar o regime: imprimindo à direção do estado o cunho pessoal, que a pessoal responsabilidade do presidente não dispensa, mas cercando-se sempre de colaboradores aptos, ativos, com ação própria, com individualidade própria.

Campos Sales foi assim. Foi assim Rodrigues Alves. Nos seus governos colaboraram homens da sua igualha, seres raciocinantes... Joaquim Murtinho, Epitácio Pessoa, Alberto Torres, Rio Branco, Lauro Müller — foram seus ministros. E ministros, que foram, por serem grandes, engrandeceram o Brasil, sem que, engrandecendo o Brasil, por serem grandes, e iguais aos presidentes com que serviram, se desvirtuasse o sistema constitucional de governo. Ninguém diz que, no quatriênio de restauração financeira de Campos Sales, governou Joaquim Murtinho; ou que, no luminoso período de definições geográficas que foi o quatriênio Rodrigues Alves, governasse Rio Branco.

O que se diz é que presidentes e ministros — dentro das suas atribuições — realizaram, *no sistema presidencial da República*, uma formidável obra. Nesta obra, que, justamente por ser formidável, não podia ser de um só homem, louros colheram todos, sem que o engrandecimento de um acarretasse a diminuição de outro. Cada qual, dentro do regime presidencial, representava o seu papel: os ministros, estudando; os presidentes, apreciando, criticando, julgando, sistematizando, realizando.*

---

* A beleza maior dos governos de Campos Sales e Rodrigues Alves

Não fosse isto, acontecido teria, naqueles dois fulgurantes períodos da República, o mesmo que está acontecendo agora em São Paulo. Campos Sales não seria Campos Sales, nem Rodrigues Alves seria Rodrigues Alves. À história passariam, talvez, como passaram, mas com nome diverso: com o nome, ambos, de Washington, numerando-se — Washington I, o primeiro, e Washington II, o segundo, para que, enfim, Washington I de S. Paulo fosse, sem possíveis confusões, Washington III da República. E constituiriam, por esta identificação de nomes, os três juntos, presuntivamente, como presunçosos vulgares, uma dinastia de tolos empelicados...

está, de fato, no tino com que souberam escolher os seus ministros, acatando as suas ideias e arcando com todos os percalços para a sua realização. Compreender o valor das reformas estudadas, perceber o alcance das providências propostas, pô-las por obra foi o seu grande merecimento. E é realmente de entusiasmar quando vemos como superiormente arrostam com a impopularidade — o pavor natural dos homens inferiores — para efetuar aquilo que entendiam de conveniência pública. Campos Sales, é sabido, para levar a cabo o plano financeiro de Murtinho, saiu apedrejado do Catete. Para que não sofresse a agressão das turbas, precisou que o cercassem os verdadeiros amigos. Rodrigues Alves, que saneara o Rio e iniciara o saneamento do país; que, por causa da vacina obrigatória, arcara com uma revolução, não saiu por modo muito diferente. Padeceu, como o seu antecessor, os maiores vitupérios. Mas, também como ele, desses vitupérios fez o seu maior título de glória.

Resvalariam a esta desgraça aqueles lucidíssimos espíritos se, ao invés de seguirem a orientação que seguiram, se deixassem levar pelas exaltações enganosas do amor-próprio, pela suposição íntima de um valor pessoal incomensurável. Salvou-os a superioridade de compreenderem as contingências humanas, que não permitem milagres, obra apenas de deuses. E, porque assim se salvaram, viverão!

Viverá o sr. Washington Luís? Pode ser. Se viver, porém, não será pela afirmação da superioridade, que inscreveu para sempre, nas páginas da história republicana, os nomes de Campos Sales e Rodrigues Alves. Não sou eu quem lhe nega esta superioridade. São os seus próprios amigos, que andam assoalhando, entre risinhos significativos, que a composição do Governo de s. ex.ª, longe de obedecer a uma questão de doutrina, obedeceu a uma questão de... medo! O medo de que, cercando-se de homens inteligentes, desaparecesse a figura de s. ex.ª... S. ex.ª precisava de gente, que lhe cumprisse as ordens. Daí, os homens que escolheu, com grande desenxabimento do próprio sr. Altino Arantes, que o guindara ao poder. Daí, aquele adorável telegrama, que a maldade irreprimível dos próprios amigos de s. ex.ª sorrateiramente insinua como redigido por s. ex.ª própria, antes de embarcar para a capital da República. Os srs. secretários do Governo, assinando-o, enviando-lho para o Rio, *cumpriram ordens*...

X.

Nulla scientia melior est illa qua cognoscit homo se ipsum.*
AGOSTINHO, DE SPIRITU ET ANIMA

A melhor maneira de vingar-se alguém dos seus inimigos, disse-o Diógenes, é perdoar-lhes. Plagiou-o, com a maior sem-cerimônia, Jesus Cristo, deprecando ao Deus Padre Todo-Poderoso, no cimo do Calvário:

— Perdoai-lhes, Senhor, porque eles não sabem o que fazem.

Toda a beleza da doutrina de Cristo, que provém, assim, do filósofo cínico, me estava incitando a que perdoasse ao sr. Júlio Prestes os apodos que me atirou, nos autos do recurso eleitoral de Capivari. E eu lhos perdoei, tratando-o com

---

* "Nenhuma ciência é melhor do que aquela através da qual o homem se conhece." (N. do E.)

a *nonchalance*,* que se viu, desde as primeiras linhas, no desenvolvimento daquele conceito de Epicteto, que não é mais, na realidade, do que uma como paráfrase da ideia de Diógenes, surrupiada por Jesus Cristo... Perdoei ao sr. Júlio Prestes e, perdoando-lhe, fiz mais do que Jesus Cristo, porque o Nazareno, se perdoou a todos os pecadores, inclusive os ladrões e aqueles mesmos que o matavam, não me consta que houvesse perdoado aos aduladores. Não há, pelo menos, na Bíblia, qualquer passagem que autorize a pressuposição de tamanha magnanimidade por parte de Jesus. Essa magnanimidade, para que alguma coisa de notável me assinalasse a vida, estava destinada a ser praticada por mim, substituindo, neste opúsculo, a pessoa do sr. Júlio Prestes pela do sr. Washington Luís; mesmo porque a pessoa do sr. Júlio Prestes, por si só, não dava um opúsculo...

Não faço, porém, esta substituição, porque pretenda, com ela, tirar uma vingança ao sr. Washington Luís. Seria pouco generoso, muito embora mais repugnante que o do adulador seja o papel daquele que se deixa adular, babando-se todo com o aviltamento do próximo. Não. O que, com a substituição, pretendo — é mostrar ao sr. Washington Luís que ainda é tempo de tomar juízo; porque juízo é o que lhe falta. Juízo e, talvez, alguns calmantes, para abrandar um

---

* "Indiferença". (N. do E.)

pouco o fogo impetuoso do vigor físico, que lhe descobriu o sr. almirante Alexandrino...

Quero dizer que, sendo um homem sob certos aspectos aproveitável, poderia s. ex.ª prestar, sem dúvida, neste resto de Governo, algum serviço de nota ao estado, se abandonasse a trilha que até agora houve por bem perlustrar, entrando no bom caminho — o caminho do bom senso, de que o tresmalhara a falsidade dos amigos. Olhe o sr. Washington Luís para dentro de sua consciência, se a tem; examine-se, e comece por proibir os panegíricos de sua pessoa pelo *Correio Paulistano*. O *Correio Paulistano* é o órgão do Governo. Só sai no *Correio Paulistano* o que o Governo quer ou autoriza. Ora, sendo o sr. Washington Luís, como todo o mundo sabe, o Governo, não lhe fica bem que lhe chame gênio o *Correio Paulistano*, porque elogio em boca própria é vitupério. Está o público — e o público é, em geral, de uma irreverência sem nome — a ver que a genialidade de s. ex.ª não lha outorga a s. ex.ª senão s. ex.ª própria. E é feio que s. ex.ª apareça, no tocante à genialidade, como Pedro Álvares Cabral de si mesmo...

Chamado à ordem o *Correio Paulistano*, a primeira coisa com que o sr. Washington Luís tem de preocupar-se é o recolhimento da edição da *Capitania de São Paulo*. A insinuação, feita pelo sr. Lélis Vieira, de que s. ex.ª sabia ou sabe história, é pura perversidade. Demanda o conhecimento da história algo mais que a facilidade do manuseio dos arquivos — cultura filosófica, senso crítico, senso comum... História não é... história.

Senão, pergunte-o a quem lho possa dizer, fora dos que em tudo o aplaudem, por lisonjearem atrás do historiador o presidente; e pergunte-o, sobretudo, para que não suceda com a *Capitania de São Paulo* o mesmo que sucedeu com *Os rebentos*, que o sr. Freitas Vale, ainda há pouco, pagava a peso de oiro, — negócio tão promissor que os possuidores da preciosidade, esgotados *Os rebentos* originais, chegaram a entrar no mercado com uma edição clandestina...

Cure, depois, se cobiça a popularidade, e tenciona fugir à galhofa do mundo, de evitar o mais possível o falar em público. A oratória, que s. ex.ª tentou como deputado, e em que insiste como presidente, é uma arte, sobre difícil, ingrata. Raros logram triunfar dos seus percalços, sobretudo quando há, como acontece, de comum, aos chefes de Estado, a necessidade de explicar certas coisas inexplicáveis... Dos estadistas de todos os tempos o que melhor compreendeu isto foi Péricles. Quando se sentia em aperturas, pouco confiante no próprio talento, que era por sinal grande (quase tão grande, talvez, como o do sr. Washington Luís), recorria a Aspásia, que lhe compunha os discursos. Siga-lhe s. ex.ª o exemplo. Arranje uma Aspásia, que, com os dotes que lhe vislumbra o almirante Alexandrino, não há de ser difícil...

Trate, igualmente, de pôr em ordem as finanças do estado, para que o seu sucessor não venha a dizer o mesmo que s. ex.ª consentiu que se dissesse do sr. Altino Arantes. Para a realização desse objetivo, porém, não conte muito com a atividade e a dedicação do sr. Rocha Azevedo, que não é, decerto, o homem para a conjuntura. A conjuntura reclama pulso mais rijo, visão dilatada. E homem, com tais atributos, só há, que se saiba, em S. Paulo, atualmente, um — Madame Sanchez, uma mulher! Requeira-lhe o Governo a colaboração, que topará, naquela cabeça privilegiada, ideias resolutivas para tudo. Nada de escrúpulos pueris. Se Aspásia compunha os discursos de Péricles, não sei por que há de deixar o sr. Washington Luís que o estado se perca, no vórtice da falência, quando o remédio se lhe oferece tão oportuno e simples...

Por último, ponha de parte os amigos. Amigos são, quase sempre, uma cáfila. Leia, a propósito, o soneto de Camilo. Creia que, quando acabar o seu Governo, sumirão, como que por encanto. Se algum lhe aparecer ao pé, serei, talvez, eu. O sr. Júlio Prestes, para citar apenas um exemplo, não disporá de tempo para vê-lo, porque, sendo o *leader* do substituto do sr. Washington Luís, há de ter, por força, outro caso de salsichas, com que se preocupe; e s. ex.ª, então, por não estar *por cima*, estará, para o sr. Júlio Prestes, abaixo das salsichas — as salsichas que foram a glória do Governo de s. ex.ª e que hão de ser a inveja dos salsicheiros do futuro, quando o sr. Júlio

Prestes, já não possa mais, para agradar ao excelso filho de Macaé, chamar-me *alma de esgoto*...

Alma de esgoto! Que bela situação a que me deu o sr. Júlio Prestes, diante da pessoa do sr. dr. Washington Luís Pereira de Souza, maior, púbere, historiador, natural de Macaé, eleito pela Providência para a egrégia função de *rodoviar* a terra paulista! Alma de esgoto. E eu que sempre admirei s. ex.ª do fundo de minh'alma! Eu, que no fundo de minh'alma lhe tinha reservado um lugar seleto! Onde foi parar s. ex.ª!... Onde o irá encontrar a Posteridade... Onde!... Que Vergonha!... Que opróbrio!... Vergonha, opróbrio, para s. ex.ª. Satisfação, para mim. Satisfação, sobretudo, por ter podido substituir o sr. Júlio Prestes pelo sr. Washington Luís, na função canalizadora. Tenho a impressão de que, se fosse obrigado a canalizar, isto é, a engolir, em vez do sr. Washington Luís, o sr. Júlio Prestes, vomitaria. Sim, que os esgotos, tendo alma, também têm estômago...

FIM

Notas

A

Este panfleto foi escrito de um fôlego. Retardou-lhe o aparecimento a dificuldade da composição tipográfica, consequente — primeiro, de uma greve dos oficiais do ofício; depois, do acervo de trabalho, com que lutavam, e lutam, as casas editoras de S. Paulo. A demora, porém, nenhum transtorno ocasionou. Pelo contrário, foi uma abençoada circunstância, que me permitiu refundir o penúltimo capítulo, incluindo-lhe no texto o estupendo telegrama, enviado pelos srs. secretários do Governo ao sr. Washington Luís, no Rio, e em *nota*, o não menos admirável salamaleque do sr. almirante Alexandrino de Alencar ao vigor físico de s. ex.ª. O atraso com que sai este opúsculo está, pois, regiamente compensado...

B

O caso das salsichas, a que, por duas ou três vezes, aludo, falando do sr. Júlio Prestes, dispensaria, aqui, uma *nota* especial, conhecido, como é, de S. Paulo inteiro, que já se habituou, aliás, ao ruído de outras semelhantes advocacias do árdego deputado. Não obstante, sempre é bom assinalar que o que realmente aumentou as proporções do escândalo — não foi a repulsa contínua, insistente, absoluta, encontrada pelo sr. Júlio Prestes nos tribunais, o que por si só já provava a imoralidade da causa. O que aumentou as proporções do escândalo foi o ter s. s.ª, como *leader* do Governo na Câmara dos Deputados — razão única por que o procuraram Santinoni & Galassi — transformado uma questão de advocacia em uma espécie de questão política. Não tem outra explicação a atitude do sr. secretário da Justiça no caso. Havia-lhe o prefeito municipal solicitado as precisas providências para a interdição de um estabelecimento, que envenenava o povo:

> — A fiscalização municipal, atendendo a denúncias recebidas (observava o sr. prefeito, em ofício de 10 de março último), procedeu a uma vistoria na fábrica de salames de propriedade de Santinoni & Galassi, à rua Pinto Ferraz, em Vila Mariana, lá apreendendo, na madrugada de 4 do corrente mês, a carne de 14 ½ porcos, dos quais cinco tinham morrido nos chiqueiros,

sendo que os restantes haviam sido sangrados poucas horas antes. A carne apreendida, pesando aproximadamente 2 mil quilos e que, em sua maioria, estava infestada por milhares e milhares de embriões de cisticercos, foi toda incinerada por nociva à saúde pública. Multados os infratores, a Prefeitura, por portaria n.º 790, de 17 de novembro de 1923, resolveu cassar a licença que havia concedido para o funcionamento da fábrica, situada no n.º 98 da rua acima citada, cassação que ainda não produziu os seus efeitos, à vista da obstinação da firma Santinoni & Galassi, recusando-se a cumprir a intimação feita nesse sentido. Nessas condições, tenho a honra de solicitar de v. ex.ª, com o máximo empenho, se digne de expedir as necessárias ordens, a fim de que, ainda hoje, se possível, seja a referida firma compelida a cumprir a intimação que recebeu para fechar a fábrica.

Atendeu o sr. secretário da Justiça e da Segurança Pública a solicitação municipal, concedendo força para ser mantida a ordem do sr. prefeito. Atendeu; mas, horas depois, devido à intervenção do sr. Júlio Prestes, *leader* do Governo na Câmara dos Deputados, voltou atrás, deixando o sr. prefeito sozinho na dança! Para não ser desautorado pela firma infratora, precisou o governador do município de proceder por conta própria, tornando efetiva a sua resolução com o auxílio, apenas, de fiscais da municipalidade. Os jornais falaram nisto. Está aí o sr. Henrique de Sousa Queirós que pode dizer se minto.

C

Eis, na sua íntegra, a notícia do *Estado de S. Paulo*, relativa à sessão de 23 de abril último, em que foi, pelo Tribunal da Justiça, julgado o recurso eleitoral de Capivari:

> O Tribunal decidiu ontem a questão eleitoral do Capivari, que tão larga repercussão teve na imprensa desta capital. Por unanimidade de votos foram julgadas provadas todas as arguições que se fizeram ao pleito, sendo este anulado. Capivari terá, portanto, de assistir a um novo pleito eleitoral para renovação da Câmara e do juizado de paz. Analisando as peças dos autos, assim se pronunciou o procurador-geral do estado, sr. ministro Costa Manso:
>
> "A lei n.º 3029 de 9 de janeiro de 1881 dispõe no art. 15: 'Parágrafo 3.º Fica proibida a presença ou intervenção de força pública durante o processo eleitoral'. 'Parágrafo 4.º O lugar, onde deve funcionar a mesa da assembleia eleitoral, será separado, por uma divisão, do recinto destinado à reunião da mesma assembleia, de modo que não se impossibilite aos eleitores a inspeção e fiscalização dos trabalhos.' Ficaram assim estabelecidos dois princípios essenciais para a garantia da verdade eleitoral: a liberdade e a publicidade. O dec. 8213, de 13 de agosto do mesmo ano, regulamentando a lei, declarou, no art. 133, que os eleitores da secção podem suscitar e discutir questões

concernentes ao processo eleitoral e proibiu no art. 240 'arruamentos de tropas e qualquer outra ostentação de força militar no dia da eleição a uma distância de menos de uma légua do lugar em que a eleição se fizer, ressalvada entretanto a presença ou intervenção normal da força, fora do edifício, para o fim de obstar atos atentatórios da ordem pública, dos direitos dos eleitores e da liberdade das mesas (art. 130)'.

"A lei n.º 21 de 27 de novembro de 1891 adotou a lei citada e o seu regulamento incorporando-os à legislação do Estado (art. 21) e no art. 20 *caput* 2.ª alínea, admitindo excepcionalmente que a eleição se realize em edifícios particulares, acrescenta logo 'contanto que ao público fiquem franqueados durante o processo eleitoral'. O dec. n.º 20 de 6 de fevereiro de 1892 consolidou as disposições legais supramencionadas, nos arts. 103 parágrafo 2, 107, 110, terceira alínea, e o dec. n.º 1411, de 10 de outubro de 1906, nos arts. 21, parágrafo 3, 50 parágrafo 2, 53, 56 e 188. No art. 147, declara esse último decreto que são nulas as eleições, além de outros casos, quando se verifique o emprego de violências, ou pelo simples fato de recusa de fiscais, disposição evidentemente extensiva à hipótese em que, pela supressão da publicidade, seja abolida a fiscalização que, como vimos, cabe a todos os eleitores. A lei n.º 1186, de 16 de dezembro de 1909, reforçou os preceitos anteriores, proibindo a designação de edifício fora do perímetro das cidades ou vilas, para evitar a clandestinidade, e equiparou, para todos os efeitos, aos edifícios públicos, as casas particulares designadas. Ora, está provado exuberantemente que, na eleição efetuada em Capivari, a 14 de dezembro do ano passado, os presidentes de todas as mesas eleitorais requisitaram a presença da Força Pública no interior das secções e, o que é ainda muito mais grave, utilizando-se dessa força, fizeram evacuar as respectivas salas, ao iniciar-se a apuração. Portanto, além da violência, ocorreu o vício da clandestinidade, o que torna o ato írrito e nulo. Dir-se-á que a facção derrotada tinha mesários e fiscais. Eles, porém, retiraram-se, como era natural que o fizessem. O uso ilegítimo da força, sem que a ordem pública fosse perturbada, só poderia indicar o propósito de se praticar uma apuração fraudulenta. Os mesários em minoria, na ausência de qualquer pessoa estranha, não poderiam testemunhar a fraude, que se praticasse, nem contar com o apoio moral da assistência, para conter os adversários. Assim, a sua permanência apenas teria o efeito de legalizar o ato irregular, o que não é lícito exigir de qualquer interessado num pleito. Os recorrentes ainda apresentam um argumento, que, isolado, não teria valor, mas que, dadas as condições em que correu o pleito, não deixa de impressionar: é a votação obtida pelos dois partidos na eleição de vice-presidente de estado, efetuada pouco antes, cuja maioria coube aos recorrentes. Em vista do expendido parece-me procedente o recurso. Deve-se-lhe dar provimento, para o efeito de serem anuladas as eleições."

Esse parecer foi proferido nos dois recursos: no de vereadores e no de juízes de paz. Aceitou-o o Tribunal sem debate. Apenas os relatores, srs. Filadelfo Castro e Gastão Mesquita, desenvolveram os seus votos. Fê-lo o sr. Gastão Mesquita mais ou menos nestes termos:

"De tudo que consta nos autos se depreende, sem sombra de dúvida, que as eleições em Capivari correram normalmente até se terminarem as votações. Terminadas estas, os presidentes das mesas requisitaram força policial, que fez a evacuação das salas, realizando-se então a apuração sem fiscalização alguma. Isso está provado, além do mais, com a confissão dos presidentes das mesas eleitorais. É incontestável, portanto, que houve intervenção da força policial para impedir a fiscalização da apuração. Dizem os recorridos que isso não prova que a apuração fosse irregularmente feita. Faz presumir, entretanto, que eles quiseram proceder à apuração sem fiscalização. Ora, a lei proíbe a intervenção da força nas eleições e recomenda que a mesa funcione em lugar separado em que a apuração se possa fazer de modo que a fiscalização não seja impedida. As eleições realizadas em Capivari não podem prevalecer. O recurso que delas se interpôs merece provimento a fim de que anuladas as que se realizaram se façam novas eleições."

O relator dos recursos de juízes de paz, sr. Filadelfo Castro, manifestou-se em termos parecidos.

D

O *Queixoso* foi um periódico de crítica, que durou pouco, mas fez ruído. Apareceu, logo após o rompimento da Dissidência com o sr. conselheiro Rodrigues Alves, por causa da candidatura do sr. Altino Arantes. Por esse tempo, era o sr. Roberto Moreira *amigo* dos rapazes d'*O Estado de S. Paulo*, que ficara na oposição, zurzindo em *notas* candentes o Partido Republicano, e respectivos processos políticos. Como *amigo*, pois, dos rapazes d'*O Estado*, colaborava o sr. Roberto Moreira n'*O Queixoso*, onde mantinha *secção* fixa, sob o pseudônimo de Tácito, e cujas colunas atestava com a sua prosa derramada e versos, que fariam o desespero de Apolo, mas foram a maior glória da quarta promotoria...

Não quero reproduzir aqui o texto de algum dos escritos do sr. Roberto Moreira. São coisas humorísticas, com efeitos narcóticos; e é minha intenção conservar o leitor de olho aceso até ao fim. Saiba-se, porém, que, n'*O Queixoso*, confeitarias e esquinas, onde se elaborava *O Queixoso*, em edições provisórias, faladas, não havia, para o ilustre cavalheiro, homem honrado na política republicana. A política republicana — a do Brasil em geral, a de S. Paulo em particular — estava podre! E, no meio dessa podridão, com ares de engulho, apontava nomes — os nomes dos chefes do Partido, com especialidade o do sr. Olavo Egídio:

— Sim, o Olavo era o pior de todos, por ser um ingrato. Amigo da Dissidência — dizia, — feito pela Dissidência, metia os pés na Dissidência.

O sr. Roberto Moreira tinha ímpetos de comer o sr. Olavo Egídio! Mas não comeu. Não o comeu, talvez, porque o sr. Olavo Egídio seria duro de trincar, zombando-lhe das patrióticas mandíbulas. E foi bom. Se, naquela ocasião, houvesse levado avante os seus desígnios antropófagos, não estaria o sr. Roberto Moreira deputado hoje, nem teria tido o ensejo de brindá-lo no banquete oferecido, no Terminus, ao sr. dr. Alfredo Egídio de Sousa Aranha. Até as pedras se encontram! Nesse dia, encontrando-se com o *ingrato*, pôde o sr. Roberto Moreira bater solenemente no peito:

— *Confiteor!**

Foi uma cena patética. O sr. Alfredo Egídio de Sousa Aranha — berrou — era o que era (isto é, deputado), por ser filho do sr. dr. Olavo Egídio. Exatamente como ele, Roberto Moreira. Exatamente como todos os que ocupavam postos na política da capital e, talvez, do estado inteiro. Quem foi que disse que ele, na sua vida — ele, o sr. Roberto Moreira, deputado tido e havido como cavalheiro da maior circunspecção, devia (afora o ter nascido) alguma coisa a outro homem, que não fosse o sr. Olavo Egídio? Das suas mãos generosas recebera o pão da

* "Confesso!" (N. do E.)

Recebedoria de Rendas; das suas mãos generosas, a quarta promotoria; das suas mãos generosas, a cadeira de deputado. Neste passo, houve alguém que sorriu, pensando talvez no dr. Júlio de Mesquita. Mas o sr. Roberto Moreira refletia, decerto, cristãmente:

— *Mortuos plango!**

E mostrou que o sr. Olavo Egídio era o patriarca da política republicana, o maior homem dentre os grandes homens do Partido Republicano de São Paulo. Qual Liga Nacionalista, qual nada! Onde estava o idiota que falara ali em voto secreto? A Dissidência? Ora a Dissidência!... A podridão do Partido e dos homens do Partido? Podridão quer dizer, às vezes, fecundidade. Da podridão do Partido brotara ele, florente, rosado, puro; e, pois que brotara ele, estava salva a pátria!...

Ouviram-no os circunstantes, boquiabertos. O sr. Alfredo Egídio descaiu a cabeça para o peito, num abatimento de quem, desejando quebrar queixos à murraça, se sente tolhido por contingências irremovíveis. Quanto ao sr. Olavo Egídio, não sei; mas, sendo um homem honrado, teve náuseas, decerto.

Do *Correio Paulistano*, do dia seguinte:

— O orador foi muito felicitado...

---

* "Choro os mortos!" (N. do E.)

E

O caso ocorrido entre os srs. Júlio Prestes e Carlos Américo de Sampaio Viana, a que me refiro, primeiro no prefácio, depois no penúltimo capítulo, viria a pelo, mais do que para definir o jovem deputado, para mostrar o critério com que o sr. Washington Luís organizou o seu Governo e os processos do seu Governo. Trata-se de um caso de abuso de confiança por parte de um advogado, que defendia certo bicheiro, em relação a uma autoridade, que o considerava irmão a ele, advogado; e abuso tal, que o sr. Washington Luís, então secretário da Justiça e da Segurança Pública, tinha resolvido não receber mais o indivíduo que o praticara. Não queria recebê-lo mais, naturalmente por considerar indigno de pôr os pés numa secretaria de estado quem, ocupando um cargo público de relevo, procurava desmoralizar as autoridades públicas, abusando-lhes da confiança; mas, subindo ao Governo, fê-lo *leader* da Câmara dos Deputados, onde é, por força da própria posição, por tudo, a pessoa de sua maior confiança! Ou há nisto muita falta de senso, ou o sr. Washington Luís — o que é mais provável, — por ter nascido em Macaé, deu, depois que subiu ao Governo, para desmoralizar, acintemente, S. Paulo...

F

Nas citações, que, neste panfleto, se fazem de alguns textos franceses, hão de reparar os leitores que algumas palavras, que deveriam aparecer grafadas em certas sílabas com acento *grave*, aparecem uniformemente grafadas com acento agudo. A falta não é minha, nem da revisão, — bode expiatório de todas as ignorâncias ortográficas, ou sintáticas dos autores; mas da oficina em que a obra se compôs, que não dispunha, no *corpo* utilizado, de *matrizes* com acento grave. O que não quer dizer que não haja na *Roupa suja* outros senões, oriundos da minha própria ignorância...

M. P.

A VOLTA DE LEROY...

De noite a campa estremece
E surges, alma penada!
Uma cartola aparece,
Muita fumaça... e mais nada!

A. PO.

UMA EXPLICAÇÃO

Vai adiante inserto o panegírico do sr. Cardoso de Almeida, na sua volta à atividade política. É uma peça, que não podia ficar no esquecimento, dadas as injustiças com que tem sido, de contínuo, alvejado o venerabundo estadista. Aí define-se a altaneria do seu caráter, a superioridade do seu espírito, com a relação, sucinta embora, mas certa, dos serviços que prestou à pátria, que, infelizmente, não tem sabido recompensá-lo, como devera.

A reprodução do panegírico fazia-se, aliás, necessária, não só no interesse do sr. Cardoso de Almeida, mas ainda no meu próprio, visto que, desde a sua publicação na Folha da Noite, me anda mordendo a consciência uma dúvida: a dúvida de não haver sido bem interpretado nos meus intuitos. Parece-me haver por aí gente que me supõe uma atitude de hostilidade ao conspícuo financeiro, tomando por ironia aquilo que dos seios d'alma me vinha como a expressão de uma sinceridade inequívoca. E isto me dói profundamente.

Origina-se a minha dor da desgraça de ver que, por mais que faça, não sou compreendido. Porque uma vez fiz a respeito de s. ex.[a] umas brincadeiras inocentes, contando o carinho com que, ao abraçá-lo na sua vendola de Botucatu, radiante pelo receber bacharel em letras, lhe dizia o pai, num transporte jubiloso — Juca, José, meu filho!; porque, depois, divulguei um soneto de Antônio Pais, relatando a cena do nascimento de s. ex.ª — pensa aquela gente que vivo a troçá-lo perversamente, procurando lançar-lhe o ridículo sobre a personalidade egrégia.

Não é justo que assim me considerem. A minha admiração pelo sr. Cardoso de Almeida é sincera e legítima. Quero-lhe tanto bem quanto o sr. Washington Luís; e mais ainda, talvez, porque não sou político, não aspiro a posições políticas, — o que destrói, sem dúvida, qualquer possível rivalidade entre nós ambos. Se, no panegírico que lhe tracei, alguma frase, pois, aparece, que se preste a uma interpretação dúbia ou desfavorável a s. ex.ª, é porque não sei escrever. E o não saber escrever não é culpa minha: é culpa do Estado, que me não deu instrução suficiente.

Faço esta explicação sem o intuito de comprometer o sr. Freitas Vale, que, no começo do Governo Washington, justificando da tribuna da Câmara o projeto de reforma da instrução pública, logo convertido em lei e ora em vigor, anunciava com entono que, no ano do centenário, não haveria mais, em São Paulo, quem não soubesse ler e escrever. Seria isto o paraíso das letras. Sou anterior à portentosa reforma. Faço esta explicação apenas para que não me caluniem mais, nem me deixem na deplorável situação do engraçado arrependido de Monteiro Lobato.

O sr. Cardoso de Almeida é um legítimo expoente da política do século de Washington I, em Piratininga. O sr. Cardoso de Almeida é tão bom quanto o sr. Washington Luís. Eis, relativamente a s. ex.ª, a minha opinião definida e definitiva.

Junho/1923

M. P.

A volta de Leroy...

> *Comme si nous avions l'attouchement infect, nous corrompons par nostre maniement les choses qui d'elles mêmes sont belles et bonnes.**
> MONTAIGNE, ESSAIS

Montaigne, com este conceito, inicia uma série de comentários sobre a moderação, virtude cristã que, pelos modos, não quer mesmo entrar nos hábitos desta admirável feitoria, que é São Paulo, no século de Washington. E eu cito Montaigne, no capítulo da moderação, a propósito da volta do sr. Cardoso de Almeida à atividade política.

Montaigne a propósito do sr. Cardoso de Almeida?! Parecerá, talvez, absurdo, por haver entre um e outro tanta semelhança,

---

* "Como se tivéssemos o toque infecto, nossa manipulação corrompe as coisas que são belas e boas em si mesmas." (N. do E.)

tanta afinidade, como entre Victor Hugo e o asno de Buridan. Contudo, cito-o, e por uma associação de ideias! A associação provém de estar eu lendo Montaigne, naquele passo, ao mesmo tempo que me chegavam aos ouvidos certos rumores malévolos sobre os meios de que se servira o sr. Cardoso para volver à Câmara Federal.

A mim, velho e incondicional admirador do egrégio Colbert de Botucatu, sempre se me antolhara como uma das *choses qui d'elles mêmes sont belles et bonnes* o desejo, alimentado por s. ex.ª, de tornar à vida pública, já que se não sente bem na privada. Ora, pois, atentando nos tais rumores, pensei no *attouchement infect* das más-línguas, taramelando de um ato por todos os títulos legítimo e, sobre legítimo, louvabilíssimo. A distância do sr. Cardoso de Almeida a Montaigne era evidentemente pequena...

Porque, de fato, infecta e mais que infecta é a interpretação que, no geral, se está dando à história da volta do ilustre sexagenário ao regaço amigo do Partido Republicano de São Paulo. Há, nessa interpretação, muita malícia e, sobretudo, muita estreiteza de vistas, por parte daqueles que, à míngua de melhor ocupação, gratuitamente se arvoram em árbitros da honra alheia.

A origem da candidatura do sr. Cardoso de Almeida é a mais limpa possível. Funda-se na humilhação, é certo; mas, se por isso o censuram, patente está a injustiça, visto que a humilhação foi sempre a virtude preferida do Senhor, como o demonstram as Escrituras, contando a mansidão com que Jesus se deixou esbofetear.

O fato do sr. Cardoso de Almeida figurar de Cristo, fazendo o sr. Washington Luís de fariseu, não tem importância; mesmo porque as bofetadas, no caso, são apenas morais, não havendo, que se saiba, ao menos por enquanto, tocado o sr. Washington num fio de cabelo, sequer, do sr. Cardoso...

A humilhação do sr. Cardoso de Almeida teria consistido em procurar s. ex.ª, por todas as maneiras, ficar às boas com o sr. Washington Luís, depois da briga feia entre ambos havida, por causa da sucessão do sr. Altino Arantes.

Queria o sr. Cardoso de Almeida a presidência do estado. Não lha deu o sr. Altino, alegando com a oposição que lhe faziam os Alves. Deu-a ao sr. Washington Luís, que *não pertencia a grupos*, não tinha inimigos, e era o autor da *Capitania de São Paulo*... O sr. Cardoso zangou-se. — Que o sr. Washington Luís era uma besta! E o sr. Altino Arantes, além de safado, tinha perdido o senso, pois S. Paulo precisava, não de um historiador, mas de um ecônomo. De resto, nem como historiador se poderia levar a sério o sr. Washington, sabido, como era, que a *Capitania de São Paulo* estava inçada de erros.*

* A opinião emitida sobre a *Capitania de São Paulo* deve ser tida como suspeita, por se tratar de opinião oficial do mesmo ofício; pois é preciso não esquecer que as finanças do sr. Cardoso de

Tendo havido tudo isto, estranha-se que o sr. Cardoso de Almeida, que cortara relações com o sr. Washington Luís, aparecesse, logo após a eleição, em palácio, para cumprimentar o presidente eleito e felicitar o povo pela escolha de tão conspícuo estadista. Estranha-se, mais, que, recebido com frieza por s. ex.ª, repetisse ainda a visita, com muitos protestos de admiração pelo seu Governo e, notadamente, pela *política das rodovias...*

A estranheza não tem razão de ser; pois aquilo que, na aparência, indica rebaixamento moral, constitui, no fundo, uma prova irrefragável da superioridade do sr. Cardoso de Almeida. S. ex.ª, ao invés de corar, deve, até, orgulhar-se da ação que praticou, — ação que está de perfeito acordo com a lógica do seu patriotismo.

— Peço a v. ex.ª que me arranje uma pastazinha no ministério Bernardes, pois estou pobre e sem emprego.

— Vá bugiar!

....
....

— Se não me quer ministro, consinta, ao menos, que me deem a Prefeitura do Rio. Aquilo dos vinte réis em saca é calúnia...

Almeida são pura história... Prova-o, sem dúvida, a sua gestão no Banco do Brasil.

— Vá amolar o boi!

....

....

— Não seja mau. Há, agora, na Câmara Federal, as vagas do Sampaio Vidal e do Cincinato. Suplico-lhe que me não desampare, como a qualquer enjeitadinho.

— Sai azar!

Necessária não é grande penetração de espírito para perceber os sentimentos que inspiravam os dois contendores. De um lado, estava o sr. Cardoso de Almeida, com a sua superioridade, buscando *um posto de sacrifício*, inflamado na ânsia de reparar o pecado cometido com a precipitada defecção de há três anos; de outro, o sr. Washington Luís, movido apenas pelo impulso de uma vingança mesquinha, na inconsciência do crime em que incorria, com a sistemática repulsa a todas as pretensões de seu adversário. Era o Desprendimento contra a Vaidade; pois só com a satisfação de sua vaidade cedeu o sr. Washington Luís, forçado como se sabe que foi o sr. Cardoso de Almeida a andar, de porta em porta, mendigando de cada membro da Comissão Diretora, e até do sr. Antônio Azeredo, no Rio, *que falasse ao presidente; que o demovesse da sua inexplicável atitude; que lhe perdoasse, em suma.*

— *Mea culpa! mea culpa! mea maxima culpa!**

* "Minha culpa! minha culpa! minha máxima culpa!" (N. do E.)

A poltrona, que o sr. Cardoso de Almeida vai atestar com as suas vastas pousadeiras, custou-lhe uma dolorosa peregrinação, com este estribilho melancólico...

Custou-lhe isso; mas, afinal, pôde o venerando ancião entrar no Congresso da República, de fronte erguida, clamando como outrora os lívidos profetas:

— Está salva a pátria!

A esta voz, quer queira o sr. Washington Luís, quer não queira, há de tudo melhorar, naturalmente; porque, se é verdade que a derrocada do país só se manifestou depois do estouro do sr. Cardoso em 1920, não será demais acreditar que, com a sua volta, entrem as coisas, outra vez, nos eixos. O câmbio, que ele deixou a 20 e hoje está a 5, falará por mim. E então, só teremos a deplorar a renitência do sr. Washington Luís, afastando-o de todas as posições, que teve de olho, até a cadeira do sr. Nogueira Martins no Senado Paulista.

Essa renitência do sr. Washington Luís foi, sem dúvida, a mais odiosa e pequenina, porque, para justificá-la, de todos os recursos se serviu o presidente, não recuando mesmo diante de pensamentos caluniosos. Perguntaram-lhe, um dia, pelas razões que tinha, para negar pão e água ao sr. Cardoso de Almeida, quando já todos os mais secretários do Governo Altino haviam sido colocados. Lá se achava, com efeito, o sr. Elói

Chaves na Câmara Federal, e os srs. Oscar Rodrigues Alves, Cândido Mota e Herculano de Freitas, no Senado de S. Paulo. Respondeu o sr. Washington que *indagassem do sr. Rocha Azevedo*, como a insinuar que o sr. Cardoso deixara traços suspeitos na sua passagem pela Fazenda; e que, de mais a mais, *não gostava de aduladores*!

Quanto aos traços *suspeitos*, melhor que qualquer defesa, melhor mesmo que a carta endereçada pelo sr. Altino Arantes ao *Correio Paulistano*, depõe, em favor do sr. Cardoso de Almeida, a sua precária situação financeira. S. ex.ª entrou para o Governo rico; saiu pobre. Aquilo da adulação, porém, não pode ficar assim. É indispensável que se diga que o sr. Washington Luís misturou alhos com bugalhos; tomou como feitas à sua individualidade particular as homenagens pelo sr. Cardoso dirigidas ao presidente do estado, confundindo *arrependimento* — sentimento nobre, de que só são capazes as almas privilegiadas, com *lisonja* — sentimento vil, que só se aninha em peitos falsos de fementidas criaturas.

Tolice. O sr. Cardoso de Almeida pode ser tudo; pode ter pés grandes, abrolhados de joanetes; pode ser obeso, ventrudo, tardo; pode parecer, dentro do seu horrendo, indefectível fraque, um paquiderme caricaturado de Adônis; pode ser, mesmo, velho a valer, pois que, há bons quatro ou cinco lustros, dobrou o cabo dos sessenta. Lisonjeiro, porém, adulador — isso nunca. S. ex.ª procurou o sr. Washington Luís, não porque o sr. Washington Luís fosse o sr. Washington Luís, mas, sim, por ser o sr. Washington Luís o presidente do estado, *o estadista que precisava do concurso da sua sabedoria e experiência*. Se o sr. Washington Luís não fosse o presidente do estado, jamais se teria o sr. Cardoso de Almeida lembrado da sua farfante personalidade, a não ser, talvez, para lhe troçar a monomania automobilística. E a prova está em que, tendo me ofendido gravemente, nunca me procurou o sr. Cardoso de Almeida, para me pedir desculpas…

Se me procurasse havia de encontrar-me, porque eu sei compreender as Madalenas, tanto e tão bem que me revoltei, francamente ao notar a atitude granítica do sr. Washington Luís. Que mais pretendia s. ex.ª do sr. Cardoso de Almeida? — Que tivesse vergonha, vai observar, com certeza. Que, para quem tem dignidade, é melhor quebrar que torcer. Ora, eu rio-me do sr. Washington Luís falando por essa forma. E rio-me, porque s. ex.ª está ficando de uma exigência irritante. Pois a um político, que tantas virtudes possui, lá se pode exigir que, por cima, tenha vergonha? De resto, será o sr. Cardoso o único, no gênero, dentro do Partido Republicano? Não, está claro, sendo ainda de considerar que, no caso, *vergonha* o mesmo significa que *respeito* humano, sentimento inferior e sobremaneira indigno num indivíduo que tenciona sacrificar-se em bem da pátria periclitante.

Por último, tendo principiado com Montaigne, com Montaigne devo acabar, assinalando que o sr. Cardoso de Almeida, se nalguma coisa procedeu mal, foi somente em abraçar as virtudes da humilhação e do arrependimento, com força excessiva:

— *Nous pouvons saisir la vertu de façon qu'elle en deviendra vicieuse, si nous l'embrassons d'un desir trop aspre et violent. Ceulx qui disent qu'il n'y a jamais d'excez en la vertu, d'autant que ce n'est plus vertu si l'excez y est, se jouent des paroles:**

Insani sapiens nomen ferat, aequus iniqui.
Ultra quam satis est, virtute si petat ipsam.**

Isto disse o filósofo, argumentando com a sentença divina:

---

* "Podemos praticar a virtude de um modo que a tornará viciosa, se a abraçarmos movidos por um desejo excessivamente áspero e violento. Aqueles que afirmam que é impossível haver excesso na virtude (visto que havendo excesso já não se tratará de virtude), fazem um jogo de palavras". (N. do E.)

** "Ao sábio vão chamar de insano, de iníquo o justo,/ se até mesmo a Virtude ele buscar além da conta." (N. do E.)

— *Ne soyez pas plus sages qu'il ne fault, mais soyez sobrement sages.**

Isto digo-o eu, argumentando com o que se viu...

S. Paulo, 12/4/922
MOACYR PIZA

---

* "Não sejam mais sábios do que o necessário, mas sim sobriamente sábios." (N. do E.)

A contribuição de Antônio Pais

(Reproduzem-se, a seguir, alguns dos versos inspirados pela personalidade do sr. Cardoso de Almeida a Antônio Pais. São o seu tanto irreverentes; mas têm um valor — o mostrarem que não só os prosadores se preocupam com o eminente estadista octogenário: também os poetas andam, por sua causa, na rabadilha das musas. S. ex.ª há de ir à posteridade em prosa e verso...)

I

*O pai, quando ele veio, um dia, ao mundo
(Punha os pés na montanha a madrugada...),
Disse: — "Este inda há de ser da pátria amada
Novo Leroy Beaulieu, gordo e profundo"*

*E, olhando-lhe o semblante rubicundo,
No pimpolho a alma simples enlevada,*

Pregou-lhe, em certo sítio, uma palmada
E, feliz, exclamou, todo jocundo:

— "Juca, José, meu filho, és a esperança
Do velho pai, que se revê, contente,
No viço dessas faces de criança.

"Segue, na vida, a minha sábia escola.
Grande serás, dominarás a gente!"
E deu-lhe, de presente, uma cartola...

1916

II
Pança, asneira, bazófia, parolice;
Parolice, bazófia, asneira, pança:
— Eis o que revelou, desde criança,
E o que há de revelar, até à velhice.

É um realejo, que jamais descansa,
A remoer sempre o que o Leroy já disse.
Ninguém, a um tempo, faz tanta tolice;
Ninguém tanta tolice, a um tempo, avança!

Pingue de enxúndias, mas de miolos pecos,
Lembra, na linha, o Conselheiro Acácio,
Superando, em ideias, cem Pachecos.

Nunca um raio de luz lhe entrou na bola.
Pensa o leitor que pinto algum pascácio?
— Engana-se, leitor, pinto o Cartola...

       1917

III
Quando, a primeira vez, te vi, na rua,
Numa noite de junho, enluarada,
Tinhas, Cartola, a pança tão inchada,
Tal era a convicção, a empáfia tua:

Que eu, como alguém que, a medo, se insinua,
Indo por entre a turba alvoroçada,
Pensei: — "Isto é um balão, que a criançada
Manda aos espaços, em visita à lua..."

Pensei que ias subir ao sumo polo!
Mas, vendo-te ficar, como um emplastro,
Inerte, molengão, chumbado ao solo,

Vi que a fumaça toda, que te enchia,
Tinha uma grande estupidez por lastro
E que o balão, por isso, não subia...

1917

IV

Os sócios do Automóvel Club
andam queixosos do sr.
Cardoso de Almeida, que, para
se consolar do desastre da sua
candidatura, passa o dia e a
noite, sapeando baccarat.

Foi estadista eminente.
Quis, porém, a sorte má
Que passasse, de repente,
De ex-futuro presidente
A sapo de baccarat.

E sapo de azar tão tredo
Não há no mundo. Não há!
Pois, se olha as cartas, a medo,

Pegue-as embora o Azeredo,
É na certa — baccarat!

Tem três a banca. Figura
Ao ponto, que tem dois, dá.
Crê-se em maré de ventura.
Puxa a carta com bravura.
Sai-lhe um sete — baccarat!

Quando ele a pança rebola
E a gente jogando está,
Diz este: — *"Parceiro, isola!"*
E outro: — *"Suíte! que o Cartola*
É o Hermes do baccarat!*"*

      1920

IMPRESSO, SEM LICENÇA DO SANTO OFÍCIO, NO MÊS DE JULHO DO ANO DA GRAÇA DE 1923, NA MUI LEAL, CATÓLICA E GOVERNAMENTAL CIDADE DE S. PAULO.

POSFÁCIO

Um escritor sem travas na língua

Boris Fausto

O CONTEXTO POLÍTICO

Qual a imagem da chamada República Velha (1889-1930) que perdurou e, de certo modo, ainda perdura no público letrado?

A imagem de um período marcado pela dominação das oligarquias, nos estados da República Federativa, caracterizado por um suposto predomínio dos interesses oligárquicos de Minas Gerais e de São Paulo. Esses estados eram vistos elegendo a seu bel-prazer os presidentes da República, embora alguns não fossem nem paulistas nem mineiros. Daí a expressão, tomada como verdade, que deu o rótulo popular de "café com leite" à Primeira República. Afinal, "São Paulo dá café/ Minas dá leite", como cantava Noel Rosa, gênio da música popular brasileira, no samba "Feitiço da Vila", de 1934.

Essa imagem da República Café com Leite foi construída a partir de diversas fontes. De um lado estavam aqueles que se decepcionaram com a implantação da República porque ela não seria "a república dos nossos sonhos"; de outro, os saudosos da monarquia, que puseram entre parêntesis a chaga da escravidão; por último, e sobretudo, os vencedores da Revolução de 1930, com Getúlio Vargas à frente, ao forjar a imagem de uma República Nova, que daria fim aos chamados "carcomidos políticos", instaurando uma nova política.

A República foi implantada em 1889, por militares, com apoio de líderes civis. Mas os militares estavam divididos, e os governos sucessivos de Deodoro e de Floriano (1889-94) foram expressão dessa divisão. O Partido Republicano Paulista (PRP), foco dos ataques de *Roupa suja*, foi fundado na Convenção de Itu em 1873 e representava a oligarquia do estado. Recebeu o apelido de Jequitibá, por sua força e estabilidade. São Paulo teve um período de ouro, elegendo três presidentes — Prudente de Morais, Campos Sales e Rodrigues Alves —, com apoio de alguns estados do Nordeste, especialmente da Bahia, que tinha a bancada mais numerosa na Câmara.

Foi só quando as divergências cessaram que a oligarquia de Minas Gerais consolidou o Partido Republicano Mineiro (PRM), a partir do final da Presidência de Rodrigues Alves (1902-1906). Esse partido seria um equivalente do Jequitibá, a ponto de os políticos mineiros consagrarem o ditado: "Fora do PRM não há salvação". Minas e São Paulo se coligaram em várias sucessões presidenciais, mas se chocaram em outras.

 A interpretação da Primeira República, revista principalmente por historiadores e sociólogos, admitidas suas diferenças, tem um ponto básico comum: demonstrar que sua história foi mais complexa e interessante do que as versões simplistas. Não é que se queria transformar o primeiro regime republicano em democrático, pois seus males foram evidentes. As oligarquias implantadas nos maiores estados foram dominantes, cada qual com seu partido republicano, pois as tentativas de partidos nacionais não chegaram a se consolidar. As mulheres não votavam, assim como os analfabetos, e a fraude maculava a lisura de muitas votações.

 Moacyr Piza, nascido, a bem dizer, com a República, em 1891, foi um opositor ferrenho ao PRP, mas não assistiu à formação do Partido Democrático (1926) e ao colapso da Primeira República.

ROUPA SUJA E CAPIVARI

O desenho da capa do livrinho de Moacyr Piza, denominado por ele de "panfleto", é bem revelador. Encarna um espadachim implacável que derruba um saco de roupa suja, com o objetivo expresso de fazer o "panegírico" de alguns homens "honrados" da política republicana.

Moacyr se lança a esse ousado objetivo por várias razões, algumas políticas, outras pessoais. A começar por um fato que à primeira vista nos parece miúdo, a ponto de ter sido sepultado pela História, que, armada de seu poder de seleção, ora conserva ora sepulta fatos. Trata-se do ocorrido nas eleições municipais de Capivari, cidade do interior paulista, na região de Campinas, em 1922. Tais eleições foram conflituosas em diversas cidades do interior do estado, indicando a dificuldade do PRP em abrigar em seu seio interesses distintos ou rivalidades pessoais. Não se trata de negar sua hegemonia no quadro político de São Paulo, mas sim de constatar que sempre houve dissidências no partido, ocasionadas por melindres de grupo, ou mesmo por diferenças ideológicas. O chamado caso de Capivari é um momento relevante dessas dissensões.

Nos primeiros anos da década de 1920, Capivari era uma cidade média, com cerca de 25 mil habitantes, tendo a plantação de cana-de-açúcar como atividade principal. Do ponto de vista político, caracterizava-se pela emergência de um partido municipal, denominado de Partido Democrático, em oposição ao PRP. Esse partido não se confunde com o do mesmo nome, lançado em 1926, que se tornou, em âmbito estadual, uma agremiação oposicionista, colocando-se transitoriamente ao lado da candidatura Getúlio Vargas, nas eleições presidenciais de 1930, para depois vir a se tornar seu ferrenho opositor. Não obstante, a identidade de nomes não pode ser tida como simples coincidência, pois o propósito de democratização da política oligárquica figurava tanto no nível local quanto na formação do Partido Democrático de âmbito estadual.

O partido oposicionista de Capivari venceu duas eleições municipais anteriores à de 1922, e estava seguro de vencer uma terceira. Mas o Governo estadual não estava disposto a admitir uma nova derrota dos "perrepistas" e enviou para a cidade um destacamento de trinta homens da Força Pública, a pretexto de impedir possíveis desordens. O dia da eleição, 14 de dezembro, amanheceu tranquilo em Capivari. Os eleitores registrados, cerca de 1 500 — todos do sexo masculino —, foram se encaminhando ao local de votação e, no correr do pleito, como o voto não era secreto, a nova vitória dos democratas parecia certa. Foi então que a força militar invadiu o local de votação e dali retirou os mesários e outras pessoas do situacionismo capivariano. Na contagem dos votos, naturalmente, a chapa do PRP venceu.

Os democratas não se conformaram com a violência e impetraram um recurso ao Tribunal de Justiça de São Paulo, solicitando que as eleições fossem anuladas. Amadeu Amaral escreveu uma série de artigos nas páginas de O Estado de S. Paulo, denunciando as tropelias da Força Pública em Capivari. Ele nascera na cidade e se tornara um folclorista, estudioso do dialeto caipira de regiões do estado, além de ser jornalista e, incidentalmente, poeta e político. Embora vivesse na capital, era muito ligado à sua cidade de origem, a ponto de aceitar o cargo de presidente do Partido Democrático em nível local.

MOACYR PIZA E SEUS CONTEMPORÂNEOS

Onde Moacyr Piza entra nessa controvérsia? Para começar, ele pertencia a uma família tradicional, e seu nome completo era Moacyr Toledo Piza. O ascendente remoto da família era o açoriano Simão de Toledo Piza. Nascido na ilha Terceira em 1612, veio para o Brasil misteriosamente[1] e faleceu na Vila de São Paulo em 1688. A família espalhou-se pela América portuguesa e um de seus ramos, na segunda metade do século XIX, migrou para a vila de Capivari. Os Toledo Piza capivarianos não só foram fazendeiros e comerciantes, mas pintores, magistrados, políticos e jornalistas. Nascido em Sorocaba, em 1891, Moacyr Piza frequentava seus parentes e amigos em Capivari, embora viesse a conhecer Amadeu Amaral em São Paulo.

Explicadas as razões políticas e familiares que levaram Piza a escrever o panfleto, entre as razões pessoais está uma certa "dama alegre", de quem se falará mais adiante.

O período cultural em que Moacyr viveu foi rotulado, a posteriori, de pré-moderno, como se seus integrantes fossem os precursores de um modernismo em gestação que teria precedido a Semana de Arte Moderna de 1922. Tal denominação sofreu reiteradas críticas, pois autores como Sílvio Floreal, Cícero Marques, o próprio Moacyr Piza e Alexandre Marcondes Machado ostentavam marcas peculiares, embora não constituíssem um movimento. Eles foram sobretudo críticos da sociedade e da política paulista, mesmo que vários deles não se destacassem pelo emprego de uma linguagem inovadora. Moacyr empregava uma linguagem para lá de desabusada e se inclinava, particularmente, à sátira política. Não se espere dele uma crítica equilibrada: seus torpedos em prosa e também poéticos não se propunham a isso e eram recheados de preconceitos enraizados na sociedade brasileira, contra homossexuais e ainda contra negros e japoneses, algo bastante comum às pessoas brancas. Mas ele, como muitos de seus contemporâneos, para além dos exageros, criticava os males da política de seu tempo, e com inegável destemor. Sua exacerbação, assim, nos dá uma ideia do ponto a que podia chegar a sátira naquela época.

Vários amigos de Moacyr tinham temperamento variado e vocações distintas. Amadeu Amaral era um moço contido, responsável, alheio à vida boêmia. Moacyr, ao contrário, era um personagem esfuziante, de sentimentos exacerbados. Alexandre Marcondes Machado, engenheiro formado pela

Escola Politécnica de São Paulo, foi responsável por edificações importantes no centro da capital paulista. Paralelamente, desenvolveu uma persona literária e satírica — o Juó Bananére, barbeiro italiano do Baixo Piques, um local mal frequentado — que escrevia num dialeto ítalo-paulista, espinafrando personagens da cena política brasileira.

Quando o jornal O *Estado de S. Paulo* lançou uma edição vespertina em 1915, apelidada de *Estadinho*, jovens opositores ao PRP, entre eles Moacyr, Bananére e Hilário Tácito, se engajaram no periódico. Hilário Tácito — pseudônimo do também engenheiro José Maria de Toledo Malta — ficaria famoso publicando um único livro, *Madame Pommery*, em 1919. O livro narra a história de um bordel ficcional de luxo — Au Paradis Retrouvé — inspirado na cafetina Ida Pommerikowsky. Partindo da prostituição, Ida conseguiu juntar recursos para montar um bordel de luxo, frequentado por coronéis e outra gente de posses.[2]

No curso da Primeira Guerra Mundial, Juó Bananére e Piza — este com o pseudônimo de Antônio Pais — publicaram uma brochura intitulada *Calabar*, acusando o cônego Valois de Castro, político de Taubaté (SP), de germanófilo, favorável à vitória da Alemanha no conflito. O Brasil se mantinha em posição de neutralidade, mas o afundamento do navio *Paraná* pela Alemanha, em abril de 1917, gerou depredações, incentivadas por estudantes da Faculdade de Direito, de casas de comércio alemãs e o empastelamento do jornal *Diário Alemão*, editado em São Paulo.

Bananére escreveu no seu estilo macarrônico ítalo-português uma parte da brochura, com o subtítulo "Libro di saneamento sociale", constando o local e o ano da publicação — "Zan Paulo, 1917". Um dos poemas da brochura é "O spió".* Antônio Pais se ateve aos versos em português, aproveitando a ocasião para malhar os padres católicos e o Vaticano. Um exemplo serve para dar uma noção do teor desses escritos:

* "O spió", de Juó Bananére — C'o a muzca do "Matuto". [A alusão ao "Matuto" refere-se à composição de Marcelo Tupinambá e Cândido Costa, em voga na época] — Quano fui as treiz i meia, prossmamente,/ Na cidadi tinha genti/ Mais pior da inundaçó/ Tinho genti na cidadi, como a farinha/ I surdado tambê tigna/ Treiz o quatro bataglió.// (*Bis*) *Viva a civililisaçó/ I morra us allemó/ I morra us allemó*// Contra a terra du Brasile, i us brasilero/ Dizafores iscrevero/ Giurnalistes allemó/ O Zépovo indiguinado, pra si vinga,/ Risorvêro impastelá/ U Giuná dus "Allemó"/ Aquello, intusiasmado,/ Saiu tudo adispardo/ Pra afazê a impastelaçó/ Lá xingano, con sorpreza, o povo intero/ Viro un padri brasilêro/ Abraciáno un allemó// Qui sario aquillo padri, tó indistimido,/ Quid du povo alli reunido/ Disafiava a pinió;/ Com certeza non passava, di un Juó Ninguê,/ Mais tambê pudia sê/ Uns spió dus allemó.// Na Consolaçó us morto si alivantáro,/ Uns p'rus outro priguntaro:/ — Chi sará qui non sará?/ Um difunto numa, si alivantô/ I p'rus outro assim parlô:/ — É u gonico Valuá.../ Té as pedra das carçada s'invergonharo,/ As mó p'ru çeu alivantáro,/ I pigaro di xurá/ U Padri Santo lá nu çeu, ficô safado/ I guspiu indiguinado/ No gabeza du Valuá.

Canonização
Antônio Pais

Não me espantou do padre a sabujice,
Que indigna, que revolta toda a gente.
Ele em suma foi reto, foi coerente,
Em tudo quanto fez e quanto disse.

Que importa que, num gesto irreverente,
Contra a moral e a pátria se insurgisse?
Num padre que se preza, a malandrice
É atributo, é virtude achi-excelente.

Este, tanto se preza e é tão virtuoso,
Que a cônego chegou e a deputado
E inda há outras coisas que dizer não ouso...

E, para a glória, enfim, do clero honrado,
Depois do que mostrou — isto é forçoso
Com certeza será canonizado...

A publicação de *Roupa suja*, em 1923, conferiu a Moacyr Piza um acréscimo de prestígio. Aqui ele se revela, mais ainda que anteriormente, um escritor satírico feroz, capaz de agredir pela pena o presidente de São Paulo — Washington Luís —

do ponto de vista político, insinuando até mesmo suas relações promíscuas com uma jovem prostituta.

Depois da publicação, o deputado Roberto Moreira, admirador de Washington, revelou a amigos que iria à forra por ter sido chamado de alcoviteiro, e para vingar a honra de seu amigo. Pessoas de seu círculo falaram que um assassinato vil estaria fora de cogitação e lhe propuseram um aristocrático duelo de espadas. Mas Roberto Moreira não era espadachim e Moacyr Piza só o era no terreno ficcional. Foi necessário, então, baixar a pretensão — os revólveres entrariam em cena. Todos se puseram de acordo. Os dois contendores chegaram a escolher seus padrinhos, porém afinal de contas o duelo a tiros não se realizou. Tudo não passara de disputas políticas no calor da hora — disseram os padrinhos —, que seriam esquecidas no correr do tempo, e um duelo, do qual poderiam resultar mortos e feridos, teria sido lastimável.

NENÊ E DONA IRIA ENTRAM EM CENA

Enquanto isso — retroagindo ao final do século XIX —, na grande leva da imigração em massa para São Paulo, como era regra geral desembarcara em Santos um casal de imigrantes pobres, em 1899. Eles traziam em sua companhia uma filha de dois anos, Romilda Machiaverni, que ensaiava suas primeiras palavras.

Como a maioria dos imigrantes italianos que chegavam a São Paulo, foram morar no mundo de além-porteiras do Brás.

A menina cresceu, começou a trabalhar como costureira e depois arranjou um emprego de camareira, no Hotel Vila Rica, na rua Quinze de Novembro, centro da cidade. Não tardou que sua faceirice e sua beleza atraíssem a atenção dos homens, e tampouco tardou que ela caísse na vida — ou melhor, entrasse na vida. Requestada por empresários, fazendeiros, políticos, rapazes herdeiros de fortunas respeitáveis, passou a frequentar locais como o Jockey Club na Mooca, concertos no Theatro Municipal, bailes e os corsos de Carnaval, que as famílias e algumas moças tidas como frívolas frequentavam. Ela apagou o nome Romilda Machiaverni e se converteu em Nenê Romano, um nome mais palatável de menina, que também evocava a capital italiana. No corso do Carnaval de 1918, na avenida Paulista, lá estava Nenê. Em meio às brincadeiras, aconteceu um fato trivial que anos mais tarde, numa visão retrospectiva, ganharia importância. Segundo uma versão que me parece mais compatível com o contexto, um rapaz, atraído pela beleza da moça, passara um bilhetinho e beijara-lhe as mãos numa das paradas do desfile de carros, em gesto atrevido. O rapaz seria Oscar Rodrigues Alves, filho do ex-presidente Rodrigues Alves — o Kaká —, e o gesto despertou a fúria de dona Iria Alves Ferreira Junqueira e de sua filha Maria Eugênia, namorada ou amante de Kaká, ambas igualmente participantes do corso.[3] Dona Iria, viúva de um rico membro da família Diniz Junqueira, era proprietária de muitas terras na cercania de Cravinhos, no interior de São Paulo. Consagrada pelos contemporâneos como "rainha do café", foi uma mulher muito influente, tanto pelo seu poder econômico como por seu relacionamento com os políticos paulistas. Ela saiu à forra, tratando de castigar aquela moça de maus costumes que ousara intrometer-se na vida de sua filha. Mas a vingança ocorreu dois anos após o atrevimento, o que nos leva a duvidar que aquele fato tenha, por si só, levado ao castigo.

Antes que se descreva a natureza do castigo, porém, para se ter uma ideia da mulher com quem Nenê Romano se metera, dona Iria havia figurado como mandante no chamado Crime de Cravinhos, praticado por seus subordinados, em sua Fazenda Pau Alto, no qual o francês Alphonse Defforge apareceu morto, em 22 de maio de 1920. Seu rosto foi descarnado, orelhas e língua cortados, além de o corpo ter sofrido outras mutilações. Dona Iria chegou a ser presa, mas foi excluída do processo por recurso impetrado por seus advogados no Tribunal de Justiça de São Paulo. A exclusão do processo provocou protestos de uma parte da opinião pública, que dizia que políticos prestigiosos, como Altino Arantes e Washington Luís, haviam intercedido em favor da "rainha do café" junto aos membros do Tribunal.[4]

Pois, passados quase quatro meses, na noite de 20 de setembro de 1920, quando Nenê voltava a sua casa, situada na rua Bento Freitas, em companhia de uma criada, foi atacada por dois homens. Um deles pretendeu dar-lhe uma pranchada, mas errou o alvo. O outro imobilizou-a e feriu-a gravemente no pescoço com cortes de navalha. Maria Eugênia, a filha de dona Iria, morreu quatro meses após o atentado, vítima da pandemia de gripe espanhola, e os dois sujeitos foram processados e condenados.

A clara intenção dos criminosos era desfigurar o rosto de Nenê para que ela sumisse da vida social de São Paulo. Mas a moça se recuperou, apesar de ficar com uma feia cicatriz. Voltou à boemia e entrou com uma ação contra seus agressores, a fim de obter uma indenização pelos danos sofridos. O processo empacou no fórum e Nenê, que já conhecia Moacyr Piza, contratou seus serviços de advogado.

Os dois se tornaram amantes e protagonistas de um caso que se prolongou por dois anos. Moacyr tirou Nenê da residência da Bento Freitas — um bordel de luxo — e alugou para ela uma casa na rua dos Timbiras.[5] Tomado por uma paixão possessiva, ele distanciou-se de sua roda de amigos e passou a descuidar de seu escritório. Começou a ter dificuldades financeiras para atender aos luxos da amante, e ela, por sua vez, cansou-se daquela exclusividade, que não lhe permitia desfrutar a vida como queria.

FACULDADE DE DIREITO — VERSOS SATÍRICOS

Moacyr cursou a Faculdade de Direito do largo São Francisco e se formou em 1915. De pronto, começou a satirizar alguns mestres da faculdade, como José Mendes, professor de direito internacional, a quem chamava de Zé Mendão, e Frederico Steidel, que o reprovara em direito comercial. O professor Steidel vivia na casa dos pais, pois nunca se casara, e recebeu de alguns alunos da Academia o apelido de Corvo Triste. Em seu livro *Vespeira*, datado de princípios de 1923, com prefácio de Hilário Tácito, Moacyr pintou o mestre com versos desabonadores, citados pelo professor Filomeno Joaquim da Costa numa fala em homenagem a Frederico Steidel, por ocasião do centenário de seu nascimento.

Corvo triste

Curvo como um pau-d'arco, torvo e sério;
Cor indecisa de cambiante suja;
Cara com semelhança de coruja,
Ou de alguém que fugiu de um cemitério.
Nariz de gancho, boca que babuja,
Com o mais solene entono, um despautério,
A mais completa ausência de critério
Nas vãs teorias com que a gente intruja.
Carrancas, injustiças, despotismo;

E, a cada arranco de loquacidade,
Um pronome encrencado, ou um solecismo:

Eis, em resumo, tudo o em que consiste
A figura, o talento, a austeridade
E a ciência fatal do "corvo triste".

É certo que, em nota de *Vespeira*, Piza se desculpou falando que, na época em que escrevera os versos ofensivos, não poderia ser absolutamente justo para com seu professor, a quem ele admirava; mas, não obstante, publicou os versos quando poderia tê-los deixado de lado.

Melhor sorte não teve o professor José Mendes, o Zé Mendão, conforme um soneto publicado por Piza na revista humorística *O Pirralho*.[6]

O Zé Mendão

Nos meus "Ensaios"... Ele lá começa
A velha e estafadíssima perlenga
Nos meus "Ensaios"... Segue a lenga-lenga,
Escuta toda a classe asneira à beça

Cita Cogliolo, cita o Pedro Lessa,[7]
Mais convencido que Pacheco, arenga;

Levanta aqui, tropeça ali, capenga,
Contra a sintaxe, em fúria se arremessa!...

Nos meus "Ensaios"... O silêncio invade
A sala, onde, inda há pouco alegremente,
Cavaqueava, ruidosa, a mocidade:

"Pois..." De maneira que... E o triste mono
Coça a barbicha, num caroço ingente,
Enquanto a estudantada cai no sono...

Depois de completar seu curso na Faculdade de Direito, Piza foi nomeado delegado de polícia em Santa Branca, no interior de São Paulo, mas exonerou-se do cargo aparentemente por razões políticas; não fez por menos ao remeter ao então secretário da Justiça um ofício desaforado. Desistiu de cargos de nomeação e lançou-se à advocacia e a seus escritos satíricos. Com Alexandre Marcondes Machado e o caricaturista Voltolino, publicou a revista O *Queixoso*, destinada a criticar Altino Arantes, o presidente de São Paulo, por este ostentar um queixo protuberante. Além disso, candidatou-se a vereador e a deputado estadual, como candidato independente, mas foi derrotado. Por não ter sido eleito, há quem lhe atribua ressentimentos que teriam se refletido em seus escritos políticos.

Ainda em 1917, Moacyr publicou um poema satírico na revista humorística *Dom Quixote*, em que não consta seu nome e que foi republicado em *Vespeira*, desancando políticos e a imigração japonesa para São Paulo. O título do poema trombeteia o preconceito que atingiu os filhos do sol nascente, ao longo do tempo, desde que o primeiro *Maru* aportou em águas brasileiras.[8]

Perigo amarelo

A falta de braços obrigou o Governo de São Paulo a contratar com uma companhia nipônica o transporte, para o nosso estado, de 50 mil japoneses

Tenho ouvido, várias vezes
Censurar em verso e prosa
A lembrança luminosa
De importarmos japoneses.
Penso nisto, há muitos meses,
E chego a crer insensata
A opinião que desacata
Tão oportuna medida
Pelo engenho concebida
De d. Cândido Batata.

Confesso que não atino
Com as razões de tal censura,
De que toca, sem ventura,
Boa parte ao próprio Altino
Pois só mesmo algum cretino
Podia achar imprudente
A imigração de uma gente
Que, se a língua baralha,
Comendo arroz, deixa a palha
Vantagem mais que evidente.

A essa altura do poema, Piza se põe a falar de pessoas feias, como o boticário Oscar Porto, "mais feio do que um aborto"; o triste Mário Tavares, cujos cômicos esgares lhe dão visos de megera; o professor Gabriel de Resende, da Faculdade de Direito, pois que a beleza não depende da vontade da pessoa; o ilustre autor dos *Rebentos*, Freitas Vale, que é feio "como quinhentos".

De certa forma, no final do poema ele suaviza a crítica aos filhos do sol nascente, contrastando-os com os pilantras desta terra.

A raça é feia... Não digo
Que o não seja, nem discuto
Esta, a verdade. E, pois, creio

Que, em boa lógica, é infame
Que a gente se insurja e clame
Contra um povo, por ser feio.
A ideia a seu tempo veio
Que é tempo de ter juízo
Pois, segundo o que diviso,
E mostram certos manatas
Onde tanto sobram patas
De braços é que é preciso...

WASHINGTON LUÍS, INIMIGO PRINCIPAL

Como explicar, porém, a crítica arrasadora de Moacyr Piza aos principais dirigentes do PRP e à máquina partidária? Por um conjunto de razões, que vão desde a antipatia de Moacyr pela gente do PRP às aventuras de Nenê Romano, com quem ele pretendia ter exclusividade. Seu alvo preferido era Washington Luís, fosse por seu Governo na presidência do estado de São Paulo, fosse por sua vida afetiva.

Em *Roupa suja*, Moacyr muitas vezes alude ao presidente do estado de São Paulo empregando o bordão "maior, púbere, historiador" — referência a seus estudos históricos —, "natural de Macaé, eleito pela Providência para a egrégia função de *rodoviar* a terra paulista".

No que diz respeito às incursões de Washington Luís no campo da história, Piza diz que a primeira coisa com que ele tinha de preocupar-se era o recolhimento da edição da *Capitania de São Paulo*, pois a insinuação feita pelo sr. Lélis Vieira, de que s. ex.ª sabia história, era pura perversidade. E pontifica, dizendo que "demanda o conhecimento da história algo mais do que a facilidade do manuseio dos arquivos — cultura filosófica, senso crítico, senso comum... História não é... história".

Surge no "panfleto" de Piza a insinuação de um convite para uma festa pública, na tribuna oficial, em comemoração à data da Proclamação da República, festa ocorrida no Prado da Mooca, o primeiro hipódromo da capital paulista. Ao lado do presidente do estado de São Paulo aparece "uma criatura elegante, bela, quase divina, a distribuir sorrisos, como uma fonte perene de alegria. A pessoa que a mandou lá foi um deputado, tido e havido como cavalheiro da maior circunspecção". Mais adiante, Piza provoca: "Ela lá estivera no Ipiranga, e o sr. Washington Luís não se escandalizou. Não se escandalizou, porque era a data da Independência, e viu, quiçá, na senhora elegante, bela, quase divina e, mais que tudo, alegre, um símbolo, — o símbolo da independência...". Tudo faz crer que se tratava de Nenê Romano.

O presidente Washington Luís passou a nossa história como um homem teimoso que fechou questão em torno da candidatura de Júlio Prestes às eleições de março de 1930, precipitando o lançamento de Getúlio Vargas pela oposição e, a seguir, a Revolução de outubro de 1930. Mas Washington tinha outra face: também era "um homem da fuzarca", como se dizia em seu tempo. Apreciador da música popular brasileira, alto, maneiroso, bem-vestido, ele se destacava, ainda mais, pela atração que sentia pelas mulheres jovens.

Essa fama foi corroborada cinco anos depois dos citados festejos da Independência, do Quinze de Novembro e da publicação de *Roupa suja*, quando Washington era presidente da República. Em 23 de maio de 1928, ao que tudo indica ele protagonizou uma cena dramática ao lado da marquesa italiana Elvira Vishi Maurich. Ele tinha 56 anos e ela, 28. Os dois hospedaram-se no Rio de Janeiro, no Copacabana Palace, e se desavieram num apartamento do hotel. A marquesa puxou uma arma e atirou, ferindo o presidente no estômago. Ele foi socorrido por Guilherme Guinle, dono do hotel, que chamou uma ambulância e o internou no Hospital Pedro Ernesto. A moça não era boa de pontaria e após alguns dias Washington Luís se restabeleceu: sofrera uma "crise de apendicite", disseram os médicos. Mas a pantomima teve um desfecho trágico, porque a marquesa, dali a poucos dias, foi encontrada morta. Segundo o relatório policial, ela se suicidara.[9]

Ao abordar o Governo de Washington Luís na presidência de São Paulo, Piza não vê um só mérito, mesmo pequeno, em seu quatriênio. Tudo não passa de compadrio, prebendas, puxa-saquismo. A respeito do puxa-saquismo, uma nota incluída em *Roupa suja* é eloquente. Trata-se de um telegrama enviado pelo almirante Alexandrino de Alencar, em resposta a Washington Luís, depois de este ter visitado o Rio de Janeiro como chefe do Governo paulista: "Muito grato pelo seu telegrama, posso assegurar-lhe que deixou, em sua rápida passagem, fundas simpatias, não só pelo seu vigoroso físico, como também pela sedução no trato, própria dos chefes que sabem conduzir".

Quando analisa os gastos públicos do Governo, Piza não diz que Washington faça desvios em proveito próprio, mas que ele gasta mal, por sua mania de abrir estradas de rodagem:

> Ora agora dizei-me: é honesto isto? Não. Porque a honestidade de um governo não está apenas em prestar contas exatas daquilo que despendeu ou despende, indicando o emprego dado aos dinheiros do povo. A honestidade de um governo está, principalmente, em gastar só e só aquilo que possa, sem sobrecarga inútil do povo, e em gastar conforme o forem exigindo as necessidades, com preferência dos serviços mais urgentes.

No remate do tópico, Piza diz que a administração é, "no mínimo, quando não desonesta, uma administração escandalosa". Afora Washington Luís, Júlio Prestes, então líder do Governo no Congresso paulista, conhecido por sua fala caipira de Itapetininga, é alvo dos ataques de Piza:

> O caso do sr. Júlio Prestes, que, com trinta anos de São Paulo, não logrou ainda articular os vocábulos terminados em "l", sem lhes dar à desinência o som rachado de "r" — papel, *paper*; Portugal, *Portugar*; Leonel, *Leoner*; animal, *animar* — é caso excepcionalíssimo, único.

Piza sente-se particularmente ofendido por ter sido chamado de "alma de esgoto", no âmbito do recurso impetrado no Tribunal de Justiça para anular a eleição de Capivari. Ele retruca, fazendo insinuações de homossexualidade:

> Faz-lhe [a Júlio Prestes] supor uma candura tal de sentimentos e princípios, que a gente chega a suspeitar, albergada naquele corpanzil de latagão magano, uma alminha de donzela!
> O sr. Júlio Prestes donzela!
> Foi, decerto, por isso, que o sr. Washington Luís simpatizou com ele. A virilidade peluda dos antropopitecos[10] tem, às vezes, umas predileções mórbidas pela inocência imaculada.
> Atração dos contrastes...

Mas as cenas do Palácio dos Campos Elíseos, sede do Governo paulista, na comemoração noturna de 15 de novembro de 1922, em que Moacyr imagina estar presente, são uma patuscada digna das comédias cinematográficas de pastelão. A partir da p. 65 do texto, surgem o escritor Menotti del Picchia e o político Rocha Azevedo, enquanto Moacyr penetra na festa e começa a se empanturrar de comida, à espreita para encontrar Washington Luís. Muita gente dança, dança a Comissão Diretora do PRP, inclusive o próprio presidente, dança o senador Rodolfo Miranda, "esforçando-se penosamente para adaptar à cadência repinicada do maxixe o passo obsoleto da mazurca". Passam-se horas e horas, e por fim Piza logra iniciar uma conversa, como repórter do *Jornal do Commercio*, com um cavalheiro que pensa ser Washington Luís, mas sofre uma reprimenda ao descobrir que o homem com quem está falando não é o presidente do estado. Daí, Moacyr entra na dança, aludindo a uma beldade rechonchuda cujos pés Rodolfo Miranda martirizava, além de rememorar os fastos da propaganda republicana:

— O Glicério... o Venâncio Aires... Lopes Trovão... Belo tempo, madama. Eu até já pedi ao Washington, que é o nosso Mommsen, que pusesse em livro toda a glória da odisseia empreendida para chegarmos aos dias áureos do seu benemérito Governo.[11]

TRÁGICO EPÍLOGO

Nenê fazia 26 anos no dia 25 de outubro de 1923. Acompanhada de uma amiga, do pai e de dois de seus irmãos, ela foi assistir à missa na igreja Santa Ifigênia. À noite, chamou um táxi para comemorar a data com alguns amigos, mas Moacyr, que rondava sua casa, apareceu inopinadamente. Piza disse ao motorista que ele e a moça tinham um assunto para conversar e ordenou que fosse rodando pela cidade. O carro percorreu a avenida São João, a rua das Palmeiras e entrou na avenida Angélica. O taxista Faustino Soares da Rocha ouviu uma discussão acalorada, briga de amantes ou de namorados, na qual ele nem imaginou intervir. Declarou, em inquérito policial, ter ouvido a moça dizer que estava endividada, pois que a pessoa que a sustentava não aparecia havia dois meses. Em todo lugar, referiam-se a ela como a "mulher do *Roupa suja*", e Moacyr respondera que "nada se podia esperar de uma mulher ordinária como ela". Quando chegaram à esquina da rua Sergipe, Faustino ouviu vários disparos enquanto Nenê dizia num suspiro: "Ai, Moacyr, o que você fez?". O motorista virou-se a tempo de ver Moacyr dar um tiro em si próprio. Rumou, então, para o centro da cidade, em busca da Central de Polícia, mas, ao chegar, Nenê já estava morta, e pouco depois Moacyr expirou.

O assassinato seguido de suicídio comoveu a sociedade paulistana porque um moço culto, de boa família, que tinha uma vida pela frente, caíra nas "graças sedutoras de uma moça que não passava de uma prostituta". Em O *Combate* de 26 de outubro de 1923, um dos textos da primeira página proclamava:

> O dr. Moacyr Piza, num momento irrefletido, assassinou a tiros de revólver a conhecida mundana Nenê Romano e suicidou-se em seguida [...] Nenê Romano, flor da rua e da lama, mulher do povo e contra o povo, que possuía o sorriso que acendia os mais perigosos fogos de paixão torturante e louca; o mais completo símbolo da leviandade e da perversidade mulheril, conseguiu, com a sugestão da mulher que faz sofrer e rir, armar o braço de Moacyr Piza e desafiar a morte. E a morte venceu!... [...] Moacyr Piza que fora um forte na sua profissão, nas suas batalhas de todos os dias, nas batalhas da política e pela sua afirmação no campo da arte e da advocacia, fora fraco demais na luta extenuante e trágica contra sua paixão.[12]

Piza foi sepultado no Cemitério da Consolação, onde estão, entre outros, os despojos do presidente Campos Sales, da elite paulistana e de imigrantes que subiram na vida. Mais de duzentos automóveis e coches acompanharam o enterro. Amigos encarregaram-se de angariar fundos para erguer um mausoléu. O escultor Francisco Leopoldo e Silva esculpiu, em granito cinza, uma figura de mulher de seios fartos, pernas longas e torneadas, cabisbaixa, tendo aos pés uma esfera, batizada de *Interrogação*, possivelmente numa indagação do motivo por que Moacyr, num gesto impensado, pusera fim à vida dele, considerada tão promissora.

O velório de Nenê, na casa da rua dos Timbiras, teve muito choro e também circunstâncias curiosas. Amigas e admiradores mandaram coroas de flores e sua família esteve presente. O corpo foi vestido com uma túnica, enfeitada no pescoço por renda prateada que cobria a cicatriz do ferimento a navalha. Nenhum padre compareceu ao enterro no Cemitério do Araçá. Uma pessoa adiantou-se e fez uma oração, encomendando o corpo. Algumas flores encimando o caixão "representavam" Moacyr. Eram flores que ele mandara a Nenê em comemoração de seu aniversário.

O Destino era o responsável por tudo, como o jornal *O Combate* escreveu, diferenciando também a carreira frustrada dos amantes.

Pobres moços! O seu destino que foi tão bom com eles, dando na flor da mocidade ao Moacyr a fulgurante visão de um futuro radioso e brilhante, e prometendo a Nenê a falaz felicidade ganha na vida fácil e de prazer de cortesã, quis que eles morressem juntos na encantada primavera das suas existências floridas, com uma estrofe de amor — quem sabe — no coração e com a flor de um beijo na boca ardente!... Destino bom e cruel!

Final lamentável. Em 1931, a administração do Cemitério do Araçá procurou a família de Nenê para que uma providência fosse tomada em relação ao túmulo. Como seus familiares não apareceram ou não foram localizados, seus ossos foram misturados a outros e depositados num ossário.

Moacyr Piza

Capa da revista *Marreta* de 24 de agosto de 1923

Prado da Mooca, o primeiro hipódromo da cidade de São Paulo

Inauguração do mausoléu de Moacyr Piza no
Cemitério da Consolação, em abril de 1926

Washington Luís

Júlio Prestes

A Villa Kyrial, residência de José de Freitas Vale e local de encontro de intelectuais de São Paulo, em 1916

Carnaval de 1918 na avenida Paulista, em São Paulo

PERSONAGENS DA CENA POLÍTICA CITADOS EM ROUPA SUJA
Boris Fausto

ALBUQUERQUE LINS Nasceu em Alagoas, em 1852. Iniciou seus estudos jurídicos na Faculdade de Direito do Recife, concluindo-os na Faculdade de Direito de São Paulo. Casou-se com Helena de Sousa Queirós, filha de um senador do Império, o barão de Sousa Queirós, tornando-se fazendeiro e ingressando na política. Foi vereador, senador e secretário da Fazenda de São Paulo. Elegeu-se presidente de estado em 1904 e seu mandato terminou em 1907. Em 1910, formou com Ruy Barbosa a chapa presidencial derrotada por Hermes da Fonseca. Faleceu em São Paulo, em 1926.

ALTINO ARANTES Nasceu em Batatais (SP), em 1876, e formou-se pela Faculdade de Direito de São Paulo em 1896. Elegeu-se duas vezes deputado federal pelo PRP, a partir de 1906. Foi secretário do Interior de Rodrigues Alves, que impôs sua candidatura ao Governo paulista, tendo sido eleito em março de 1916. Esse fato provocou uma dissidência no PRP, apoiada por Júlio de Mesquita em seu jornal *O Estado de S. Paulo*. No interessante diário que escreveu, a partir de 1.º de maio de 1916, data de sua investidura na presidência do estado, Altino Arantes afirmou que "era um advogado da roça" quando conheceu Washington Luís, seu patrono do ingresso na vida política, que se mudara para Batatais. Terminado seu mandato, retornou à Câmara em 1921. Após a Revolução de 1930, opôs-se ao Governo Provisório de Getúlio Vargas e participou da Revolução de 1932. Com a derrota desta, exilou-se em Lisboa. Voltou ao país em 1934 e assumiu a presidência do PRP. Depois da queda do Estado Novo, elegeu-se pelo Partido Republicano à Assembleia Constituinte em 1945. Entrou no PSD e foi candidato à Vice-Presidência da República em 1949, na chapa derrotada de Cristiano Machado. Faleceu em São Paulo, em 1965.

AMADEU AMARAL Nasceu em 1875, numa fazenda no município paulista de Capivari. Foi político, jornalista e folclorista. Seu principal biógrafo, Leonardo da Costa Ferreira, diz que ele deve ser lembrado por suas diferentes facetas, e não apenas por ter se dedicado ao folclore. Adversário do PRP, foi um dos organizadores de um partido democrático em sua cidade, o qual não deve ser confundido com o Partido Democrático, fundado em 1926. Batalhou pela educação do povo e pelo voto universal e secreto. Seguiu para o Rio de Janeiro como editor da *Gazeta de Notícias*, para se recompor das contrariedades políticas que sofreu em São Paulo. Assumiu depois um cargo na Receita Federal. Escreveu obras folclóricas e em 1919 foi eleito para a Academia Brasileira de Letras, na vaga deixada pelo falecimento de Olavo Bilac, seu companheiro na Liga Nacionalista. Renunciou à Academia, após uma premiação que julgou indevida. Faleceu em São Paulo, em 1929.

CARDOSO DE ALMEIDA José Cardoso de Almeida interessa pela descrição de seu arrependimento por ter rompido com o PRP. Nasceu em Botucatu (SP), em 1867. Formou-se advogado pela Faculdade de Direito de São Paulo, em 1890. Entrou no PRP e foi eleito deputado estadual várias vezes, a partir de 1895. Chefe de Polícia de São Paulo, na gestão de Rodrigues Alves, propôs a instalação da polícia de carreira. O Congresso Estadual aprovou a medida, no Governo Jorge Tibiriçá. Era deputado federal quando a Revolução de 1930 entronizou Getúlio Vargas no poder, o que o levou a exilar-se na Europa. Faleceu em Paris, em 1931. Como curiosidade, especialmente para os paulistanos: em 1915, encomendou a seu cunhado — o arquiteto Ramos de Azevedo — a construção de sua residência, na esquina da avenida Paulista com a rua Haddock Lobo, onde hoje fica o Edifício Três Marias, marco arquitetônico da avenida.

DEODATO WERTHEIMER Nasceu em São Paulo, em 1891, e mudou-se com seus pais para o Rio de Janeiro. Formou-se em medicina na então capital da República, retornando a seu estado natal em 1912. Chamado pelo prefeito de Mogi das

Cruzes para tratar de uma de suas filhas, acabou se casando com ela e passou a clinicar naquela cidade. Entrou no PRP, elegeu-se prefeito de Mogi e deputado estadual. Depois de ter sua casa queimada, foi preso nas tropelias da Revolução de 1930. Gozou de grande prestígio como médico em sua região. Faleceu prematuramente em 1935, aos 44 anos de idade. Wertheimer aparece de relance na cena de *Roupa suja* que descreve a comemoração da Proclamação da República, em 1922, nos Campos Elíseos.

FERNANDO COSTA Nasceu em São Paulo, em 1886, filho de pai militar. Formou-se engenheiro agrônomo pela Escola Superior de Agricultura Luiz de Queiroz. Foi também político, prefeito de Pirassununga, deputado estadual e secretário da Agricultura de São Paulo, no Governo de Júlio Prestes. Após a Revolução de 1930, demonstrou simpatia por Getúlio Vargas, mas permaneceu em seu partido — o PRP. Em 1937, designado presidente do Departamento Nacional do Café, apoiou o golpe dado por Vargas em novembro. Exerceu o cargo de ministro da Agricultura até meados de 1941, quando foi nomeado interventor federal em São Paulo. Após a democratização do país, entrou no PSD, e exonerou-se da interventoria para disputar o posto de governador em 1947. Mas acabou falecendo um ano antes das eleições estaduais, num desastre rodoviário, ele que era avesso aos aviões.

FREITAS VALE (JACQUES D'AVRAY)   Nasceu em Alegrete (RS), em 1870, para onde sua família emigrou e onde seu pai, que era natural da Ilha Bela (SP), fez fortuna. Veio para São Paulo e ingressou na Faculdade de Direito do largo São Francisco. Antes mesmo de se formar, casou-se com Antonieta Egídio de Sousa Aranha, irmã de Euclides de Sousa Aranha, que viria a ser pai de Oswaldo Aranha, ministro de Getúlio Vargas. Em 1904, comprou de alemães uma chácara com 7 mil metros quadrados situada na Vila Mariana, na capital paulista, onde construiu uma mansão que denominou de Villa Kyrial, derivado do termo grego *kyrios*, significando "deus, senhor". Recebeu em seus salões gente como Mário e Oswald de Andrade, Coelho Neto e Guilherme de Almeida, e foi um mecenas de gente como Villa-Lobos, Brecheret e Anita Malfatti, que foram estudar na Europa. Também se dedicou à política na Primeira República, elegendo-se deputado à Câmara Estadual de São Paulo e ao Senado do estado. Perrepista convicto, não mais se interessou pela política quando o "Jequitibá tombou". Piza se refere ao livro *Rebentos*, cuja publicação o pai de Freitas Vale bancou quando o filho tinha apenas dezoito anos. Como o livro foi mal acolhido pela crítica, o rapaz resolveu passar a escrever em francês e adotar o pseudônimo de Jacques d'Avray. Após a Revolução de 1930, contava-se que seu sobrinho, Oswaldo Aranha, o procurou para intermediar uma negociação entre o Governo federal e os políticos paulistas.

Ele, amigo de Washington Luís e de Júlio Prestes, teria dito: "Meu coração é perrepista e eu vou morrer PRP". Faleceu em São Paulo, em 1958.

JORGE TIBIRIÇÁ Nasceu em Paris, em 1855, depois do casamento de seu pai, João Tibiriçá, com uma jovem francesa — Pauline Eberlé. Estudou em Stuttgart, onde se doutorou em agronomia, e em Zurique. Veio para o Brasil em 1880, herdando após o falecimento do pai, em 1888, enormes extensões de terra que produziam principalmente café — a Fazenda Ressaca, entre Mogi Mirim e Campinas. Seu pai foi presidente da Convenção de Itu, que deu base à formação do PRP. Proclamada a República, assumiu o Governo de São Paulo, mas por pouco tempo, em razão de divergências com o marechal Deodoro. Quis instalar o Congresso Legislativo no Pátio do Colégio, o que lhe valeu recriminações da Igreja Católica. Na crise do café de 1901, foi obrigado a hipotecar a fazenda. Secretário da Agricultura no Governo de Bernardino de Campos e senador estadual, elegeu-se presidente de São Paulo, assumindo o cargo em 1904. Promoveu o Convênio de Taubaté, em 1906, em defesa dos preços do café, ao qual aderiram os presidentes de Minas Gerais e do Rio de Janeiro, e entrou em choque com Rodrigues Alves, o presidente da República. Presidia o Tribunal de Contas de São Paulo quando faleceu, em 1928.

júlio prestes Júlio Prestes de Albuquerque nasceu em 1882, em Itapetininga (SP), filho de Fernando Prestes, que foi presidente de São Paulo. Formou-se advogado em 1906. Casou-se com Alice Viana. Em *Roupa suja*, Júlio Prestes é criticado, entre outras coisas, por sua pronúncia interiorana, que perdurava apesar dos trinta anos passados na capital do estado. Um médico paulista, já falecido, o dr. Antônio Varela Junqueira, me contou, antes que eu tivesse contato com o livro de Piza, que ele morara vizinho à casa de Júlio Prestes, na década de 1950, e achava engraçado ouvir o ex-presidente de São Paulo perguntar a sua mulher: "Alice, cadê minha *carça*?". Como se vê, ao longo do tempo Prestes conservou sua pronúncia interiorana, que tem seus encantos e nada tem de desabonadora. Exilou-se com a Revolução de 1930. Voltou em 1934, dedicando-se à Fazenda Araras, em Itapetininga, propriedade de seu pai. Foi um dos fundadores da União Democrática Nacional (UDN), em 1945. Faleceu em São Paulo, no ano seguinte.

lacerda franco Nasceu em Itatiba (SP), em 1853. Mudou-se muito cedo com sua família para Araras, cidade da qual seu pai foi um dos fundadores e na qual a família mantinha fazendas. Organizou o PRP local. Passou a residir em São Paulo, tornando-se membro da Comissão Permanente do PRP. Foi eleito senador estadual em 1892. Faleceu em 1936.

LÉLIS VIEIRA Nasceu em Cunha (SP), em 1880. Foi jornalista e poeta. Faleceu em São Paulo, em 1949.

MAJOR PIRES DE CAMPOS Chefe político do PRP em Capivari (SP), um dos promotores do lançamento da candidatura de Júlio Prestes a deputado estadual em 1922, pelo quarto distrito. Em eleição contestada, ele bateu Amadeu Amaral.

MÁRIO GRACCHO PINHEIRO LIMA Nasceu em 1880, na Bahia. Formou-se médico e, em 1902, foi contratado pela Santa Casa de Itatiba (SP) para integrar o corpo clínico da cidade. Entrou no PRP, tendo sido vereador e deputado estadual (1922-24). Mudou-se para Santos, onde foi um dos fundadores da Associação Médica do município. Faleceu em 1948.

MÁRIO TAVARES Nasceu em Pindamonhangaba (SP), em 1874. Político e jornalista, dirigiu o *Correio Paulistano*. Formou-se na Faculdade de Direito do largo São Francisco em 1891 e entrou no PRP em 1899. Foi eleito deputado e senador antes de 1930. Pertenceu ao PSD e disputou a eleição para governador de São Paulo em 1947, saindo derrotado. Faleceu em São Paulo, em 1958.

MENOTTI DEL PICCHIA Paulo Menotti del Picchia nasceu em São Paulo, em 1892, filho de um casal de italianos, Luigi del

Picchia, jornalista, e Corinna del Corso. Bacharelou-se pela Faculdade de Direito do largo São Francisco e, ainda estudante, casou-se com a fazendeira Antonieta Rudge Miller, com quem teve sete filhos. Ingressou no *Correio Paulistano*, órgão do PRP, tornando-se, além de jornalista, escritor e poeta. Participou da Semana de Arte Moderna e criou, com Cassiano Ricardo, Plínio Salgado e Guilherme de Almeida, o Grupo da Anta, também chamado de Movimento Verde-Amarelo, opondo-se à vertente antropofágica do modernismo, encabeçada por Oswald de Andrade. Foi deputado estadual em duas legislaturas e três vezes deputado federal. Aderiu ao Estado Novo e em 1942 foi nomeado diretor do Serviço de Publicidade e Propaganda do Estado de São Paulo pelo interventor Ademar de Barros. Tornou-se tabelião — Tabelionato Menotti —, uma prebenda adquirida por sua proximidade com o presidente Getúlio Vargas. Pelo conjunto de suas obras literárias, veio a ocupar uma cadeira da Academia Brasileira de Letras. Faleceu em São Paulo, em 1988.

NARCISO GOMES Nasceu em 1857, na Bahia. Médico, ainda jovem estabeleceu-se em Araras (SP). Ingressou no PRP e foi eleito sucessivamente vereador e presidente da Câmara Municipal, a partir de 1910. Deputado estadual e prefeito de Araras, eleito em 1922, ficou conhecido na região por sua solicitude em atender gente pobre. Faleceu em 1923.

RAFAEL DE ABREU SAMPAIO VIDAL Nasceu em Campinas (SP), em 1870. Formou-se pela Faculdade de Direito do largo São Francisco. Fazendeiro em São Carlos, em 1912 assumiu a Secretaria da Justiça e da Segurança Pública no Governo de Rodrigues Alves (1912-16). Elegeu-se deputado federal em 1918. Ministro da Fazenda de Artur Bernardes, deixou o cargo depois de Bernardes demitir o presidente do Banco do Brasil, Cincinato Braga, que pedira auxílio do Governo federal ao empresariado paulista, em decorrência da Revolução Tenentista de 1924. Organizou o Instituto do Café do Estado de São Paulo. Elegeu-se senador estadual em 1925. Após a ascensão de Getúlio Vargas ao poder, participou da Revolução de 1932. Foi eleito suplente da Assembleia Constituinte, em 1933. Faleceu em São Paulo, em 1941.

ROBERTO MOREIRA Nasceu em Casa Branca (SP), em 1887. Formou-se pela Faculdade de Direito de São Paulo, em 1911. Homem de confiança de Washington Luís, elegeu-se deputado estadual pelo PRP em 1922. Foi chefe de Polícia de São Paulo, na presidência de Carlos de Campos. Deputado federal, seu mandato cessou com a Revolução de 1930. Depois de breve exílio em 1931, engajou-se na Revolução de 1932. Eleito deputado federal em 1934, foi jornalista, diretor de várias indústrias e um dos fundadores do Liceu Pasteur. Faleceu em 1954, em São Paulo.

ROCHA AZEVEDO Álvaro Gomes da Rocha Azevedo nasceu em Campanha, no sul de Minas Gerais. Formou-se pela Faculdade de Direito de São Paulo. Vereador na capital paulista, substituiu Washington Luís como prefeito, por um pequeno período. Faleceu em São Paulo, em 1942.

RODOLFO MIRANDA Nasceu em Resende (RJ), em 1860. Republicano, esteve presente na Convenção de Itu (SP), que fixou as bases do republicanismo paulista. Fez estudos superiores em Paris. Retornou ao Brasil em 1883, fixando-se na fazenda de sua família em São Simão (SP). Após a Proclamação da República, foi eleito para a Assembleia Constituinte. Ministro da Agricultura, Indústria e Comércio no Governo de Nilo Peçanha (1909-10), participou da criação do Serviço de Proteção aos Índios, pleiteada pelo general Rondon. Senador estadual e membro da Comissão Diretora do PRP, foi eleito ao Senado federal em detrimento do senador Álvaro de Carvalho, o que provocou a renúncia de Altino Arantes e de Olavo Egídio de Sousa Aranha da Comissão. Depois do Estado Novo, foi eleito suplente do senador Roberto Simonsen, que veio a falecer. Assumiu o mandato em 1947. Faleceu em São Paulo, em 1943.

WASHINGTON LUÍS Washington Luís Pereira de Souza, apelidado de Paulista de Macaé (RJ), nasceu em 1869. Formou-se pela Faculdade de Direito de São Paulo, em 1891. Convidado a advogar em Batatais (SP) por seu colega de faculdade Joaquim Celidônio, casou-se com Sofia Oliveira de Aguiar e Pais de Barros, o que contribuiu para lhe abrir as portas da sociedade paulista. Elegeu-se vereador em 1897, depois intendente (prefeito) de Batatais e deputado estadual. Foi secretário de Justiça e Segurança no Governo de Jorge Tibiriçá e implantou a carreira policial. Elegeu-se prefeito da capital paulista em 1914. Além de atuar como deputado e senador federal, presidiu o estado de São Paulo. Elegeu-se presidente da República para o quatriênio 1927-30, tendo sido apelidado de Presidente Estradeiro por sua obsessão de construir rodovias. Deposto em 1930, partiu para um longo exílio, na Europa e nos Estados Unidos, regressando ao país em 1947. Faleceu em São Paulo, em 1957.

NOTAS

ROUPA SUJA (P. 7-143)

1   Nesta edição, atualizou-se a ortografia e mantiveram-se a pontuação e a sintaxe da edição original, de 1923. As citações em francês e em latim também foram conservadas como na edição de 1923.

POSFÁCIO (P. 145-95)

1   Estabelecido na América portuguesa, Simão de Toledo Piza disse num escrito seu em certa ocasião: "[...] por secretos juízos dos meus destinos fui preso no castelo d'onde fugi, onde [no Brasil] casei, sempre a me cuidar de não dar-me a conhecer". Wikipédia, Simão de Toledo Piza.

2   Sylvia Telarolli de Almeida Leite, *Chapéus de palha, panamás, plumas, cartolas: a caricatura na literatura paulista (1900-1920)*. São Paulo: Editora da Unesp, 1996.

3   Paulo Rezzutti, *Mulheres do Brasil: a história não contada*. Rio de Janeiro: Leya, 2018.

4   *O Combate*, 25 ago. 1920.

5   A história de Nenê e Moacyr, bastante popular em seu tempo, desapareceu de cena por muitos anos. Até que veio a atrair a atenção de historiadores e jornalistas contemporâneos, que passaram a abordá-la por novos aspectos, reavaliando inclusive a figura de Nenê. Ver, entre outros, Margareth Rago, O*s prazeres da noite: prostituição e códigos*

da sexualidade feminina em São Paulo (1890-1930) (São Paulo: Paz e Terra, 1991); Roberto Pompeu de Toledo, *A capital da vertigem: uma história de São Paulo de 1900 a 1954* (São Paulo: Objetiva, 2015); Boris Fausto, "Uma paixão de outrora" (*piauí*, ed. 70, jul. 2012); Maíra Cunha Rosin, *Dos bêbados, das putas e dos que morrem de amor: os marginais do embelezamento e dos melhoramentos urbanos (1905-1938)* (São Paulo: FAU--USP, 2021). Rosin esclarece e retifica alguns enganos, inclusive meus.

6 *O Pirralho*, 9 nov. 1919. Revista lançada por Oswald de Andrade e Dolor de Brito.

7 Pietro Cogliolo (1859-1940) foi um jurista e senador da Itália. Ministro do STF, Pedro Lessa (1859-1921), jurista negro cuja negritude foi "esbranquiçada" em sua época, foi também membro da Academia Brasileira de Letras.

8 Dois exemplos de crítica extremada aos japoneses, entre muitos outros, encontram-se no livro de Sílvio Floreal (pseudônimo de Domingos Alexandre), *Ronda da meia-noite: vícios, misérias e esplendores da cidade de São Paulo*, publicado em 1925, do qual existe uma reedição da Boitempo Editorial (São Paulo, 2002). Após a fundação da Colônia Katsura, na década de 1910, em Iguape (SP), Amadeu Amaral falou dela como uma verruga, um núcleo compacto de população completamente inassimilável, que "daqui a poucos anos será uma potência encravada em nossa terra".

9 *O Combate*, 23 maio 1928. Há algumas versões da época que duvidam da história do Copacabana Palace.

10 Designação imprecisa, obsoleta, das formas mais primitivas de hominídeos, tidas como elo entre os macacos e o homem.

11 Venâncio Aires (1841-85) nasceu em Itapetininga (SP). Jornalista, mudou-se para o Rio Grande do Sul, onde apoiou o abolicionismo e

a instituição da República. Lopes Trovão (1848-1925), político e jornalista carioca republicano, de linha florianista. Theodor Mommsen (1817-1903) foi um historiador alemão, especialista na história de Roma, que recebeu o Prêmio Nobel de Literatura, em 1902.

12 O *Combate*, 29 out. 1923. Apesar de destacar-se na crítica ao PRP e aos desmandos políticos do Brasil, o jornal, dirigido por Nereu Rangel Pestana, foi um dos que mais ressaltaram a culpa da "mundana" Nenê Romano pela tragédia da avenida Angélica.

CRÉDITOS DAS ILUSTRAÇÕES

p. 174: Revista *A Cigarra* de 1.º de outubro de 1922, edição 193, p. 17. Arquivo Público do Estado de São Paulo

p. 176: *Revista da Semana* de 9 de agosto de 1924, edição 33. Acervo Fundação Biblioteca Nacional — Brasil

p. 177: Revista *A Cigarra*, segunda quinzena de abril de 1926, edição 275, p. 33. Arquivo Público do Estado de São Paulo

p. 178: BRASIL. Presidência da República. Biblioteca. Conteúdo Presidencial Digital: ex-presidentes

p. 179: Fundo Correio da Manhã/Arquivo Nacional

p. 180-81: Acervo Iconographia

p. 182-83: Revista *A Cigarra* de 28 de fevereiro de 1918, edição 86, p. 33. Arquivo Público do Estado de São Paulo

Este livro foi composto em Freight text em julho de 2022.